Eva Prawitt · WeihnachtsWunder

D1984891

Für Pit und Klaus,
denen ich „Hatzmann“ und mehr verdanke.

Eva Prawitt

WeihnachtsWunder

Erzählungen

Edition Anker

ABCteam-Bücher erscheinen in folgenden Verlagen:
Aussaat Verlag Neukirchen-Vluyn
R. Brockhaus Verlag Wuppertal und Zürich
Brunnen Verlag Gießen und Basel
Christliches Verlagshaus Stuttgart
Oncken Verlag Wuppertal und Kassel

Edition Anker – Erzählungen

Die Deutsche Bibliothek - CIP-Einheitsaufnahme

Prawitt, Eva:
Weihnachtswunder: Erzählungen / Eva Prawitt. – Stuttgart :
Christliches Verl.-Haus, 2000
ABC-Team
ISBN 3-7675-3668-4

©2000 Edition Anker
im Christlichen Verlagshaus GmbH, Stuttgart
Umschlaggestaltung: Dieter Betz, Friolzheim
Schrift: Janson, 9,5/12 P.
Gesamtherstellung:
Druckhaus West GmbH & Co. KG, Stuttgart
ISBN 3-7675-3668-4

I.

Es begab sich aber zu der Zeit, dass ein Gebot von dem Kaiser Augustus ausging, dass alle Welt geschätzet würde. Und diese Schätzung war die allererste und geschah zur Zeit, da Cyrenius Landpfleger in Syrien war. Und jedermann ging, dass er sich schätzen ließe, ein jeglicher in seine Stadt ...

Wie früh es jetzt dunkel wird, dachte Lucie Zalrad und kaute geistesabwesend an ihrem Bleistift. Es war erst fünf und schon schob sich Dämmerung vor das Fenster. In wenigen Stunden, wenn die Lichter in den Häusern verschlöschten, würden sich Sterne am Himmel zeigen, Tausend, Millionen, Milliarden.

„Weißt du, wie viel Sternlein stehen ...", summte Lucie gedankenverloren.

Sie stellte sich vor, wie sich ganz allmählich im Dunkel eine Tür öffnete, erst nur ein schmaler Spalt, durch den gleißendes Licht strömt, Sternenlicht. Und dann schiebt jemand die Tür auf und ein blinkender Himmelskörper kollert hindurch. Er ist blank und glänzend. Ein zweiter mit einem dunklen Schatten auf seiner Oberfläche rollt hervor, dann ein dritter mit goldenen Punkten und der nächste mit einem blauvioletten Ring. Jeder eine unfassbare, einmalige Schönheit. Lucie stockt vor Staunen der Atem. Rasch zückt sie ihren Bleistift.

„Katalogisieren", denkt sie, und vermerkt die Sterne in einem Buch. Für jede Art eine gesonderte Reihe. Reihe um Reihe füllt der Bleistift. Mittlerweile ist es so hell um die Zählerin geworden, dass die einzelnen Sterne kaum noch auseinander zu halten sind. Sie verschmelzen zu einem einzigen blendenden Licht. Und es kommen immer mehr. Wie rasend fährt der Bleistift über das Papier. Lucie spürt kaum noch ihr Handgelenk. Sie achtet nicht mehr auf die faszinierende Gestalt eines jeden Sterns, schreibt, kritzelt, Seite um Seite, Buch um Buch. Sie füllt Bibliotheken und immer noch wirbeln Sterne auf sie zu. Millionen, Milliarden und mehr, unaussprechliche Zahlen, ein Meer von Licht und Farben, Formen und ineinander gefügten Einzigartigkeiten. Sie walzen über Papier und Bleistift, schwemmen herein und überrollen Lucie Zalrad und sie wird ein Nichts unter Milliarden, winzig und unbeachtet und niedergedrückt.

Plötzlich knipste jemand die Deckenlampe ein.

„Sie sitzen ja im Dunkeln", sagte Herr Silber freundlich.

Erschrocken fuhr Lucie Zalrad zusammen. Hatte sie geträumt? Das passierte ihr höchst selten. Peinlich, dass Silber sie überrascht hatte.

Harald Silber war ihr Kollege in der Buchhaltung. Sie arbeiteten nun acht Jahre Wand an Wand. Silber hatte sich als angenehmer Mitarbeiter erwiesen. Er war hilfsbereit, wenn Hilfe notwendig wurde, was bei Frau Zalrad nicht oft der Fall war. Sie arbeitete gewissenhaft und gründlich, Fehler unterliefen ihr nur selten und wenn, dann bemühte sie sich, sie selber zu beheben. Trotzdem war es wohltuend, Silber in der Nähe zu haben. Lucie Zalrad schätzte seine zuvorkommende und unaufdringliche Art. In den acht Jahren, die sie sich nun kannten, hatte er sie von unnötigen, vertraulichen Gesprächen verschont. Privates hatte sich nur auf die Geburtstagswünsche beschränkt, die Silber seiner Kollegin in Form einer Blumengrußkarte auf den Schreibtisch stellte. Weiß der Himmel, wie er das Datum ihres Geburtstages herausgefunden hatte. Vielleicht aus irgendeiner Akte, in die er – aus was für Gründen auch immer – Einsicht genommen hatte? Es wunderte sie, dass sich jemand ihretwegen diese Mühe machte. Wahrscheinlich war er zufällig auf das Datum gestoßen, irgendwann, am Anfang ihrer gemeinsamen Dienstzeit, und dann hatte es sich eingebürgert. Jedenfalls lehnte jedes Jahr zu ihrem Geburtstag eine nett beschriebene Karte am Telefon auf ihrem Schreibtisch.

Aber dass am 24. Heilig Abend war, das brauchte niemand aus einer Akte herauszusuchen. Das stand fest. Und deshalb war es eigentlich nicht besonders erstaunlich, das heißt, eigentlich fand Lucie Zalrad es sogar sehr erstaunlich.

In ihrem Kopf überschlugen sich die Gedanken. Selten war sie so verwirrt wie gerade heute, wie gerade jetzt.

Geblendet blinzelte sie in das Licht.

„Ich habe gar nicht gemerkt ...“, murmelte sie verlegen.

„Ich wollte Sie nicht erschrecken“, entschuldigte sich Silber, „aber ich hatte schon befürchtet, Sie wären einfach gegangen. Es ist ja auch schon gleich sechs Uhr.“

„Achtzehn Uhr“, verbesserte Frau Zalrad, sortierte ihre Bleistifte in der Ablage, ließ sich von Silber in den Mantel helfen, griff im Vorbeigehen die Plastiktüte, die sie den Tag über neben dem Garderobenständer deponiert hatte, und verließ mit ihm das Büro.

Es war schon spät, sodass Lucie Zalrad keine Zeit mehr blieb, noch einmal heim zu fahren. „Wegen der Kinder“, hatte Harald Silber gebeten, „für die wird es sonst einfach zu spät. Sie sind eben noch klein und halten das Warten nicht aus, bitte, haben Sie Verständnis, liebe Frau Zalrad. Trotzdem, Sie müssen unbedingt mitkommen.“

Und gerade das fand Lucie erstaunlich. Warum luden die Silbers sie ein und dann noch an diesem Abend, an dem eigentlich jede Familie für sich sein will. Das jedenfalls hatte Lucie Zalrad immer angenommen.

Aber Harald Silber hatte sie so herzlich gebeten, und seine Frau hatte ihr eine Dose mit Weihnachtsgebäck mitgeschickt, und zwischen Spekulatius und Zimtsternen hatte Lucie ein Zettelchen entdeckt. „Herzlich willkommen am Heiligen Abend“, stand darauf. Es wäre unkorrekt gewesen, grundlos abzusagen. Und außerdem, ein Esser mehr am Tisch ... Es würde nicht so darauf ankommen. Silbers waren eine große Familie, immerhin vier Kinder und Oma und Opa. Lucie Zalrad würde dazwischen kaum auffallen.

Schweigend saß sie neben Harald Silber im Auto. Aus dem Radio dudelte Weihnachtsmusik. Ein Kinderchor sang: Ihr Kinderlein kommet ... Warum Kinderlein, dachte Lucie Zalrad verdrossen, und wohin. – Zur Krippe herkommet in Bethlehems Stall. Meine Güte, Kinderlein im Stall. Überhaupt, Kinderlein. Was für ein albernes Lied. Da konnte ja keine Weihnachtsstimmung aufkommen. Kinderlein ... Lucie Zalrad graute vor Kindern. Und um ganz ehrlich zu sein, ihr graute auch vor diesem Weihnachtsabend. Vier Silberkinderlein. Zur Krippe herkommet ...

Sie wäre besser heimgefahren.

Krampfhaft drückte sie die Tüte in ihren Schoß. Sie enthielt, eingewickelt in sternenbedrucktes Geschenkpapier, eine Flasche Wein für ihren Gastgeber, Tee für seine Frau und Schokolade für die Kinder. Nur für die Großeltern hatte sie nichts. Wer konnte schon an jeden denken.

Harald Silber warf ihr einen besorgten Blick zu.

„Sie sind plötzlich so blass", sagte er, „ist Ihnen nicht wohl?"

Lucie zwang sich zu einem Lächeln.

„Alles in Ordnung", versicherte sie und presste die Tüte noch fester an sich. Und dann passierte es. Knitternd platzte der Beutel mit dem Tee, knackend brach die Schokolade. Hundert Schokoladensplitter, tausend Teeblättchen bröckelten, krümelten, rieselten aus ihrer weihnachtsglänzenden Verpackung auf den Grund der Tüte. Erschrocken griff Lucie Zalrad den Hals der Weinflasche. Die war unversehrt, als Einzige heil in diesem bitter-süßen Durcheinander von zahllosen, winzigen, ineinander vermengten Teilchen.

Lucie Zalrad ertappte sich dabei, wie sie zu schätzen begann: wie viel Teeblätter vermischten sich gerade mit wie viel Schokoladenbrocken? Tausend, Millionen, vielleicht noch mehr? Nein, eher weniger, und wie ließen sich die Krümel auf vier Kinder und eine Mutter verteilen? Dividieren und zählen und schätzen, wobei schätzen noch am unsympathischsten war. Lucie Zalrad schüttelte sich bei dem Gedanken, womöglich mit der hohlen Hand ihre Weihnachtsgeschenke aus der Tüte herausschaufeln zu müssen. Niemals würde jedes Kind gleichviel Schokolade erhalten, niemals ließe sich für Frau Silber Tee von Schokolade trennen. Lucie dachte, dass es ungerecht war.

Ungerecht und trotzdem erstaunlich einfach.

Es stellte sich heraus, dass Lucie Zalrad weder schaufeln noch gerecht verteilen musste.

„So etwas passiert eben manchmal", lachte Frau Silber und Harald Silber bedankte sich für den Wein und die vier Silberkinder hätten es auch mit Schokolade bis zur Bescherung kaum ausgehalten.

Ungeduldig zappelten sie während des Weihnachtsessens auf ihren Stühlen. Es gab Gans und Grünkohl und Klöße und zum Nachtisch Schokoladenpudding. Vor lauter Erwartung nahmen sie die Fremde kaum wahr. Die wunderte das nicht.

Endlich rief Frau Silber die Kinder ins Weihnachtszimmer.

Ihr Kinderlein kommet ... Und Vater, Großeltern und Gast folgten.

Unter einem mit Strohsternen geschmückten Baum türmten sich die Gaben, für jedes Kind drei, macht zwölf, dann für jedes Großelternteil mindestens zwei, sind sechzehn, je zwei unbeholfen eingewickelte Päckchen von jedem Kind, ergeben vierundzwanzig. Und dann noch die Geschenke der Großeltern an das Ehepaar Silber, sind bei je einem Packet zusammen sechsundzwanzig. Lucie addierte fieberhaft, während die Kinder selig Teddybären kuschelten, Buntstifte ausprobierten und Legosteine zusammenbauten. Zur Sicherheit zählte sie noch einmal nach. Sie hatte sonst nichts anderes zu tun.

Im Zimmer brannten Kerzen. Es war dämmrig wie in

einem Tunnel. Vielleicht war das der Grund dafür, dass Lucie Zalrad sich verzählte.

Außerdem waren einige Geschenke bereits ausgepackt. Lucie musste rekonstruieren, in Gedanken noch einmal Stofftiere, Malutensilien und Bausteine einpacken, Kinder herauseliminieren und von vorne zählen. Vielleicht lag der Fehler auch in der Rechnung. Also noch einmal: Vier Kinder, zwei Eltern, zwei Großeltern, ergeben immer noch sechsundzwanzig Geschenke. Sechsundzwanzig ist eine überschaubare Zahl, anders als tausend oder Millionen. Wie konnte ihr da ein Fehler unterlaufen. Bis sechsundzwanzig rechnete jedes Kind in der zweiten Klasse, aber sie, eine Buchhalterin, eine gewissenhafte Buchhalterin ...

Lucie bemerkte kaum, dass es um sie herum still geworden war. Die Kinder waren auf die Knie von Großeltern und Eltern gekrochen, müde und mit vor Aufregung leuchtenden Augen. Augen wie Sterne, blank und glänzend beim ersten, das zweite mit einem dunklen Schatten auf der Iris, das dritte mit goldenen Punkten und das nächste mit einem blauvioletten Ring um die Pupille. Jedes unfassbar und einmalig.

Harald Silber hatte begonnen, aus einem alten Buch vorzulesen:

Es begab sich aber zu der Zeit …

Was liest er da, fragte sich Lucie verwirrt.

… dass ein Gebot von dem Kaiser Augustus ausging, dass alle Welt geschätzet würde.

Ja natürlich, schätzen, zählen, wie vernünftig.

… Und diese Schätzung war die allererste und geschah zur Zeit, da Cyrenius Landpfleger in Syrien war …

da Lucie Zalrad eine Buchhalterin und eine unter vielen in Silbers Weihnachtsstube war.

… *Und jedermann ging, dass er sich schätzen ließe, ein jeglicher in seine Stadt.*

Dahin, wo er herkommt, dahin, wo er hingehört. Und Lucie fragte sich: Was mache ich hier eigentlich? Silbers gehörten hierher und die Kinder natürlich auch. Das jüngste war bereits im Schoß der Mutter eingeschlafen.

Harald Silber las die Geschichte zu Ende. Aber Lucie hörte kaum hin. Bitterkeit stieg in ihr hoch. Sie hatte Mühe, sie herunter zu schlucken. Selten hatte sie sich so unsicher gefühlt und so verwirrt. Natürlich waren Silbers sehr freundlich. Selbst die Kinder hatten sich angenehmer verhalten, als Lucie es zu hoffen gewagt hatte. Es gab kein übertriebenes Geschrei und kein hektisches Toben beim Auspacken der Geschenke. Frau Silber hatte das Geschehen mit ruhiger Hand geleitet. Trotzdem: Was hatte sie hier zu tun? Geschenke zählen? Was zählte sie? Zählte sie?

„*Und sie kamen eilend und fanden beide, Maria und Josef, dazu das Kind in der Krippe liegend*“, las Harald Silber.

Noch ein Kind, dachte Lucie trübselig, wozu noch eins mehr, das fünfte zu den Silberkindern. Vielleicht das zehnte in dieser Straße? Das tausendste in der Stadt, das zehntausendste im Land ... wie viel auf der Welt? Warum noch dieses Kind?

Zählte das Kind in der Krippe?

Frau Silber trug die Kinder ins Bett, eines nach dem anderen.

Ihr Mann entkorkte die Weinflasche, die Lucie Zalrad mitgebracht hatte.

Verstört reichte sie ihm ihr Glas herüber.

„Sie sehen immer noch ganz blass aus", sagte er.

„Nein, nein, es ist nur das Kerzenlicht", wehrte Lucie ab. Niemals hätte sie ihre verworrenen Gedanken zugegeben, Gedanken über die Silberkinderlein plus eins.

Unsinn, alles Unsinn, sie war Buchhalterin, akkurat und gewissenhaft und keine ... nun, eben keine Träumerin.

Besser, sie füllte ihren Kopf mit Vertrautem, rasch, bevor Harald Silber wieder irgendeine alberne Geschichte auftischte. Wie war das noch mit den Geschenken. Hatte sie nicht sechundzwanzig errechnet, aber ...

Kaum war sie in der Lage, sich am Gespräch zu beteiligen, dass Harald Silber anzuregen versuchte.

„Wenn meine Frau zurück ist ...", begann er, aber Lucie addierte schon wieder. Obwohl ihre Ohren es hörten, erfasste sie nicht, dass ihr Gastgeber von einer kleinen Aufmerksamkeit sprach, nichts Besonderem, nur etwas, wovon die Silbers hofften, dass sie sich darüber freuen würde.

Lucie rechnete, aber die Rechnung ging nicht auf. Sie hatte sechsundzwanzig Päckchen errechnet, doch unter dem Baum hatten siebenundzwanzig gelegen. Sie hatte sich vielleicht verrechnet, aber ganz sicher nicht verzählt.

Harald unterhielt sich angeregt mit den Großeltern, Lucie beteiligte sich jedoch nur einsilbig. Das Gespräch der anderen tröpfelte an ihr vorbei wie Blut aus einer frischen Wunde. Vom Badezimmer her hörte sie das eifrige Schrubben von Zahnbürsten auf Milchzähnen. Wasser pladderte zu Boden, Kinder tuschelten aufgeregt miteinander, Frau Silber summte ein Abendlied.

Lucie Zalrad hatte keine Kraft mehr, sich zu verschließen.

„Weißt du, wie viel Sternlein stehen", trällerte Frau Silber. Lucie kam das Lied seltsam vertraut vor. Vielleicht hatte auch ihre Mutter es ihr abends am Bett vorgesungen.

„Weißt du, wie viel Sternlein stehen".

Wer wusste das schon. Hatte sie selber heute Abend im Büro nicht versucht, es herauszufinden? Unsinn, nun war sie schon wieder am träumen. Aber unbeirrbar bohrte sich das alte Kinderlied in ihre Gedanken:

„Weißt du, wie viel Sternlein stehen an dem hohen Himmelszelt? Gott der Herr hat sie gezählet, dass ihm auch nicht eines fehlet, kennt auch dich und hat dich lieb, kennt auch dich und hat dich lieb."

Lucie spürte, wie ein fester Pfropfen sich in ihre Kehle schob. Plötzlich wurde es vor ihren Augen glasig, als schaute sie durch eine sanft schaukelnde Wasserfläche.

„Frau Zalrad, ist Ihnen nicht gut?", rief Harald Silber erschrocken.

Verlegen wischte Lucie sich die Augen trocken.

„Vielleicht trinke ich noch ein Glas Wein", schlug sie vor.

„Ja", stimmte Harald Silber zu, „bis meine Frau kommt ..."

Als er ihr Glas entgegennahm, betrat Frau Silber schon das Weihnachtszimmer.

„So", lachte sie fröhlich, „die Kleinen sind im Bett. Jetzt kommt die Erwachsenenbescherung."

Sie verteilte die restlichen Päckchen. Traurig beobachtete Lucie, wie die anderen auspackten, glänzende

Bänder glitten zu Boden, Papier wurde sorgsam zusammengefaltet, Schachteln geöffnet, entzückte Ausrufe: „herzlichen Dank“ und „ach, wie lieb“. Oma legte sich einen neuen Seidenschal um die Schultern. Opa schlüpfte in eine neue weiche Strickjacke. Herr Silber probierte auf der Rückseite vom Geschenkpapier einen glänzenden Füllfederhalter und seine Frau blinzelte selig durch die Linse einer vollautomatischen Kamera.

„Idiotensicher“, versicherte Harald Silber.

„Wunderbar“, freute sich Frau Silber, „damit bekomme ich die hübschesten Schnappschüsse hin. Die Kinder sind oft so flink, dass ich kaum natürliche Bilder knipsen kann.“

Aufgeregt schwenkte sie die Kamera im Zimmer herum. Schließlich blieb das Objektiv auf Lucie Zalrad gerichtet stehen.

„Bitte, darf ich ...“, bettelte Frau Silber und noch ehe Lucie Zalrad Einwände erheben konnte, drückte Frau Silber auf den Auslöser.

Schrecklich, durchfuhr es Lucie, dieser Moment, festgehalten, gefangen genommen, dieser schreckliche, dieser unglückliche Moment.

Aber aus Frau Silber sprudelte schon wieder ihr glöckchenhelles Lachen.

„Ich werde Ihnen einen Abzug fertigen lassen, als Erinnerung an diesen schönen Abend“, versprach sie. Dann sprang sie auf.

„Das hätten wir beinahe vergessen.“

Unter dem Tannenbaum, wo vorhin noch siebenundzwanzig Geschenke aufgebaut gewesen waren, lag nur noch ein einziges flaches, quadratisches Päckchen. Nun griff Frau Silber danach und legte es feierlich ihrem Gast in den Schoß. Es lag da wie vorhin das schlafende Kind im Schoß der Mutter, einzig und besonders und wie eine Kostbarkeit.

„Es ist wirklich nichts Besonderes", versicherte Harald Silber. Aber als Lucie es in die Hände nahm, fühlte es sich an wie ein wertvoller Schatz, vielleicht, weil es ein Geschenk für sie war, für sie ganz allein. Und vielleicht, weil sich jemand Mühe gemacht hatte. Es war lange her, dass Lucie etwas geschenkt bekommen hatte, dass jemand an sie gedacht und es ihr auch gezeigt hatte. Plötzlich zählte dieses eine Geschenk.

Vorsichtig schälte Lucie es aus seiner Verpackung. Es war ein Album, ein Büchlein so klein, dass auf jeder Seite nur ein Bild Platz finden würde. Und auf der Vorderseite des blauen Einbandes war in goldenen, geschwungenen Lettern ihr Name eingeprägt. Lucie Zalrad, gold auf blau, die Buchstaben glänzend wie Sterne am Abendhimmel. Weißt du, wie viel Sternlein stehen ...

„Nun können Sie die schönsten Momente ihres Lebens sammeln", schlug Harald Silber vor.

Meine Momente, dachte Lucie und plötzlich hatte sie das Gefühl, dass ihr Leben etwas zählte, zwar war es winzig, eines unter vielen, aber nicht unbeachtet.

Ihr Finger strich über ihren Namenszug.

... Kennt auch dich und hat dich lieb ... schoss es ihr durch den Kopf, und das war, als nähme jemand eine schwere Decke von ihren Schultern.

„Vielen Dank", sagte Lucie lächelnd, „das Bild, das Sie eben von mir gemacht haben, wird der Anfang sein."

II.

Da machte sich auf auch Josef aus Galiläa, aus der Stadt Nazareth, in das jüdische Land zur Stadt Davids, die da heißt Bethlehem, auf dass er sich schätzen ließe mit Maria, seinem vertrauten Weibe, die war schwanger. Und als sie daselbst waren, kam die Zeit, da sie gebären sollte. Und sie gebar ihren ersten Sohn und wickelte ihn in Windeln und legte ihn in eine Krippe, denn sie hatten sonst keinen Raum in der Herberge.

An diesem Freitag verließ Hatzmann sein Büro pünktlich um 16.30 Uhr. An der Bushaltestelle wartete er wie üblich knappe zwei Minuten und stieg dann wie jeden Abend in einen Bus der Linie 24.

„´n Abend," grüßte Hatzmann. Der Fahrer fuhr schon seit langem diesen Bus. Manchmal wechselten sie ein paar rasche Worte miteinander. Aber heute nickte er nur, griesgrämig, fand Hatzmann. Wahrscheinlich will er einfach nur heim, kein Wunder, an so einem Abend.

Hatzmann setzte sich auf den gleichen Platz wie immer, dritte Bank links. Eine dicke Frau mit rotem Gesicht und müden Augen schob sich neben ihn. Auf ihrem Schoß balancierte sie einen Turm aus Plastiktüten und Tannenzweigen. Missmutig sah Hatzmann durch die Äste hindurch, wie vor dem Busfenster die Stadt vorüberflitzte, grell erleuchtete Kaufhäuser, eilige Menschen, beladen wie die Frau neben ihm, eine zwischen Laternenmasten gespannte Lichterkette in der Form von aneinander gereihten Sternen, die unruhig flackerten. Aus einem Hochhausfenster baumelte ein silberner überlebensgroßer Engel. Ein Leierkastenmann drehte seine Orgel. Flüchtig drangen die Töne in den Bus: Stille Nacht, heilige Nacht ...

An der Haltestelle Augustusplatz Ecke Königsallee hielt der Bus. Hatzmann stieg aus und stolperte beinahe über einen gebeugten Mann, der vor ihn auf den Bürgersteig trat.

„Passen Sie doch auf", herrschte Hatzmann ihn an.

„Entschuldigung", sagte der Fremde, „aber können Sie mir sagen, ob es hier ein Hotel gibt, wo ich übernachten kann?"

Hatzmann zog mürrisch die Schultern hoch.

„Bitte ...", murmelte der Fremde, aber Hatzmann achtete nicht weiter auf ihn. Mit eiligen Schritten ging er wie gewohnt das restliche Stück zu seinem Haus: erst den Marienweg entlang, dann links in die Herbergsgasse, Herbergsgasse 23. Den gebeugten Mann hatte er schon fast vergessen.

Der Haustürschlüssel klimperte, als Hatzmann ihn aus der Tasche zog.

Ob Marion schon fertig war? Manchmal trödelte sie wirklich unerträglich lange. Ob das Wohnzimmer fertig geschmückt, silberne Kugeln am Tannenbaum, der Braten im Ofen und Stollen auf dem Tisch waren? Hatzmann dachte an Kaffee- und Kartoffelgerüche, Zimt und Mandarinen. Irgendwann würde Hatzmann essen, was Marion den Tag über gewaschen, geschält, gegart und gebrutzelt hatte, irgendwann würde er die in aller Eile besorgten Geschenke auspacken, irgendwann Weihnachtspost lesen, irgendwann noch ein bisschen fernsehen. Marion würde vor dem Fernseher einschlafen. Es war jedes Jahr dasselbe.

Verdrossen steckte Hatzmann den Schlüssel ins Schloss, drehte, zog, schob erneut, drehte wieder, nichts, nur ein leise knackender Widerstand. Er probierte es noch einmal. Schwerfällig krächzte der Schlüssel im Schloss. Hatzmann zog ihn heraus, betrachtete den Schlüsselbund, probierte einen anderen Schlüssel, obwohl er sich ganz sicher war, dass der eigentlich zur Kellertür gehörte. Auch der drehte sich nicht, natürlich nicht.

Was war los? Sollte er klingeln? Aber vielleicht war Marion gerade im Bad, sie würde ärgerlich werden. Doch was kümmerte ihn ihr Ärger.

Entschlossen drückte Hatzmann auf den Knopf neben dem Namensschild. „Marion und Johannes Hatzmann" stand darauf. Von drinnen drang unwilliges Brummen und das Schlurfen ausgetretener Hauslatschen auf gebohnertem Linoleum.

„Erwartest du jemanden?", bellte eine Männerstimme hinter der Haustür.

„Eigentlich nicht", hörte Hatzmann Marion antworten.

Noch ehe er sich fragen konnte, wer der Mann in seinem Haus sei, öffnete der schon einen Spaltbreit die Haustür.

„Ja bitte?", fragte er. Aber es war offensichtlich, dass er keine Antwort sondern seine Ruhe haben wollte.

„Ich ...", stammelte Hatzmann.

Was ihm da durch den Türspalt entgegenblickte, verschlug ihm die Sprache.

Er murmelte eine eilige Entschuldigung, drehte sich hastig herum und stürzte zurück auf die Straße.

Was war schief gelaufen? Was, besser: wen er eben gesehen hatte, das war ... das konnte nur Einbildung sein.

Verwirrt versuchte er, seine Gedanken zu ordnen.

„Fang noch mal von vorne an“, redete er sich selber zu, am besten, er spulte noch einmal das Geschehen zurück, zumindest den Heimweg. Also: Augustusplatz Ecke Königsallee, Marienweg, dann links noch ein paar Schritte bis zum Haus Nummer 23 in der Herbergsgasse. Schlüssel, Schloss, sein Name auf dem Schild, die Klingel.

Drinnen eine ungeduldige Stimme, eine Männerstimme.

„Hören Sie, wir brauchen nichts“, fauchte der Mann und riss die Tür auf.

Erschrocken schaute Hatzmann in dieses Männergesicht, exakter Kurzhaarschnitt, energische Nase, zusammengekniffene Lippen, kalte graue Augen, ein kleiner Schorf auf der linken Kinnseite, kaum sichtbar. Hatzmann wusste, der war vom Rasieren, er war heute Morgen ein wenig unachtsam gewesen. Das passierte ihm selten. Er sah in das Gesicht, das er heute Morgen selber rasiert hatte.

Dem anderen schien nichts aufzufallen. Wütend schnauzte er Hatzmann an.

„Ist Ihnen nicht klar, dass heute Heilig Abend ist?“

„Doch, sicher“, stammelte Hatzmann verwirrt.

„Und dass anständige Leute in Ruhe feiern wollen.“

„Ja“, gab Hatzmann zu.

„Ich hatte Ihnen vorhin schon gesagt, dass wir nichts brauchen“, meckerte Johannes Hatzmann.

„Ich wollte auch nicht ...“, verteidigte sich Hatzmann.

Im Dunkel des Hausflurs erschien Marion. Sie trug eine Schürze mit einem albern grinsenden Schweinekopf auf dem Latz. Ihre braunen Haare hatte sie hochgesteckt. Über den Ohren lösten sich widerwillig ein paar grau durchzogene Strähnen. Hatzmann hatte bisher nicht bemerkt, dass Marion grau wurde. Marion schwitzte. Ihr Gesicht war gerötet wie das der dicken Frau aus dem Bus. Sie legte Hatzmann, dem mit den ausgetretenen Hausschuhen und Ärger sprühenden Augen, eine Hand auf die Schulter.

„Was will der Mann, Hannes?“, fragte sie. Auch sie schien nichts zu bemerken.

„Ich bin doch ...“, versuchte Hatzmann zu erklären.

„... vielleicht hungrig?“, fragte Marion.

Wie gütig das klang. Auch diesen Ton hatte Hatzmann noch nie bei ihr wahrgenommen.

„Unsinn, sieht der aus, als hätte er Hunger?“, schnaubte Hatzmann.

Er spricht mit meiner Stimme, dachte Hatzmann beklommen. Unbehaglich trat er von einem Fuß auf den anderen. Er hatte sich noch nie so unsicher und so ... so ertappt gefühlt.

„Lass ihn doch ausreden“, bat Marion und nötigte Hatzmann herein.

Misstrauisch folgte der andere Hatzmann Marion und ihm durch den Flur. Er brubelte etwas von „Unverschämtheit“ und: „Schmarotzer“. Hatzmann spürte sehr deutlich, dass er unwillkommen war. Aber wo hätte er hingehen sollen?

„Es ist doch Heilig Abend“, raunte Marion dem aufgebrachten Hatzmann zu.

„Eben“, zischte der und wieder kam Hatzmann sich vor wie ertappt. Was der andere da sagte, das hätten auch seine Worte sein können.

Freundlich bot Marion dem Fremden einen Stuhl an.

Der andere Hatzmann ließ sich schwerfällig in einen Sessel plumpsen.

„Ich werde ihn zum Essen einladen“, flüsterte Marion Hatzmann ins Ohr. Und eilig fügte sie hinzu: „Nur zum Essen, weil doch Heilig Abend ist.“ Rasch, bevor Hatzmann etwas entgegnen konnte, deckte sie den Tisch, huschte in die Küche und brachte Schüsseln und Platten. In der Zwischenzeit beobachtete Hatzmann Hatzmann misstrauisch.

Das Gespräch beim Essen verlief nur stockend und mit einem gezwungenen Unterton. Johannes und Marion schienen sich nicht viel zu sagen zu haben, schade eigentlich, dachte Hatzmann. Er hätte von seinem Tag im Büro erzählen können, von der dicken Frau im Bus, die müde und abgekämpft gewirkt hatte. Er hätte von dem Leierkastenmann berichten können oder von dem gebeugten Fremden, den er beinahe umgerannt hatte. Marion hätte sich vielleicht gefreut. Stille Nacht, heilige Nacht ...

„Die Erbsen sind zu weich gekocht und das Fleisch zu sehnig“, beschwerte sich Hatzmann.

„Dass man es dir nie recht machen kann“, maulte Marion. Verlegen schaute sie zu Hatzmann herüber.

Plötzlich dachte Hatzmann, dass Marion vielleicht Recht hatte. Sicher, ihr Ton war eben auch nicht gerade freundlich. Auch sonst war sie meistens gereizt und ungeduldig ... und faul, fügte er in Gedanken hinzu, nie war sie bei der Sache, unlustig beim Kochen und lieblos, wenn es darum ging, es ein bisschen behaglich zu machen. Er freute sich, endlich aus dem Büro raus zu kommen. Er arbeitete den ganzen Tag für sie beide und was er tat, tat er nicht gerade gern. Er hatte diesen Job angenommen, damit sie leben konnten, er und natürlich auch Marion. Er hatte sich nie beschwert, dass er alleine für ihren Lebensunterhalt aufkommen musste. Konnte sie sich da nicht ein wenig Mühe geben? Und an Weihnachten doch wohl erst recht.

Am Tannenbaum baumelten silberne Kugeln, in denen sich der Schein der Kerzen spiegelte.

„Du hast wieder Wachskerzen genommen", beklagte sich Hatzmann.

„Die sind gemütlicher", gab Marion spitz zurück.

„... und gefährlicher", schnaubte Hatzmann.

Eine Kerze tropfte. Sie war ein wenig schief festgesteckt. Marion beeilte sich, sie aufrecht in ihre Halterung zu stellen. Aber es war schon zu spät. Ein Wachstropfen hatte sich gelöst. Wie warmer Honig lief er an einem Ast herunter und pitschte herunter, genau auf das Dach der Krippe, die unter dem Baum aufgestellt war.

Es war eine schöne handgeschnitzte Krippe, Ochse und Esel auf Stroh, Maria und Josef kniend daneben, bunt angemalt, Josef mit gütigen Augen, die auf Maria ruhten, Maria mit müde zur Seite geneigtem Kopf. Kein Wunder, dass sie erschöpft war, sie hatte eine lange Reise und eben gerade eine Entbindung hinter sich. Dass die junge Familie in einem Stall unterkommen musste … Hatzmann fand es – unter diesen Umständen – empörend. Aber niemand war bereit gewesen, den beiden Unterkunft zu gewähren. Hätte er ihnen geholfen?

Während Hatzmann beobachtete, wie er gereizt auf seinem Teller herumstocherte, bezweifelte er es.

Er sah ja nicht einmal, wie müde und abgekämpft Marion war. Trotz Weihnachten, oder vielleicht gerade darum?

Marion trug das schmutzige Geschirr in die Küche, während Johannes Hatzmann wohlig seine Füße unter dem Tisch ausstreckte.

„Hören Sie", schlug Hatzmann vorsichtig vor, „wollen wir nicht eben beim Abtrocknen helfen?"

Verblüfft starrte Hatzmann ihn an.

„Ich dachte, es wäre netter, wenn wir gemeinsam fertig würden. Ich könnte vielleicht schon eine Flasche Rotwein öffnen und nachher könnten wir ..."

Hatzmann wurde bleich. Hatzmann konnte nicht sagen, ob aus Wut oder aus Verwunderung.

„Das ist bei uns nicht üblich", erklärte er, „und außerdem, was mischen Sie sich eigentlich ein?"

„Ich dachte, es würde Marion freuen ..."

„Freuen? Ich schenke ihr nachher eine Uhr, sehen Sie, das längliche Päckchen dort auf der Anrichte? Darüber kann sie sich freuen."

„Aber sie hat schon eine Uhr. Und eigentlich hat sie sich ein Armband mit eingraviertem Namen gewünscht, wissen Sie nicht mehr?"

„Ich hatte keine Zeit, es zu besorgen, Sie wissen doch selber, wie das ist ...", verteidigte sich Hatzmann.

Ja, das wusste er gut. Er wusste genau, dass es viel einfacher gewesen war, die Uhr zu besorgen. Das Armband hätte er erst bestellen und dann beim Juwelier abholen müssen und wer weiß, was dann wieder nicht in Ordnung gewesen wäre. Die Uhr dagegen hatte er ohne viel Nachdenken mitnehmen können.

„Nun, das mit der Uhr ist jetzt nicht mehr zu ändern, trotzdem“, räumte Hatzmann ein, „trotzdem könnten wir vielleicht gemeinsam die Küche in Ordnung bringen und dann gemeinsam ...“

„Sie mit Ihrem gemeinsam“, schnaubte Hatzmann böse. Sein Gesicht war farblos geworden wie Nebelschwaden, fast gespenstisch durchsichtig.

„Es könnte ihr Freude machen, ihr und uns beiden. Es wäre eine schöne Art, Weihnachten zu feiern.“

„Ich möchte bloß wissen, wie Sie auf solche Ideen kommen“, brummte Hatzmann verächtlich. Für einen Moment hatte Hatzmann den Eindruck, dass der andere unsicher wurde. Seine Stimme klang plötzlich kraftlos und schwammig, als spräche er durch Watte. Aber sofort straffte er sich wieder. Seine Augen wurden kalt wie vorher und seine Worte schneidend:

„Jetzt reicht's aber. Sie tauchen hier auf, futtern sich durch, und das noch am Heilig Abend, und dann, dann stecken Sie Ihre vorwitzige Nase in Angelegenheiten, die Sie nun wirklich nichts angehen.“

In der Küche klapperte Marion mit dem Geschirr. Kaffeeduft zog herüber. Hatzmann dachte hilflos, dass ihn diese Angelegenheit sehr wohl etwas anging. Aber es blieb ihm keine Möglichkeit mehr, irgendetwas zu erklären. Überstürzt sprang Hatzmann auf, packte ihn am Arm und herrschte ihn an: „So, und nun verschwinden Sie.“

Unsanft schob er ihn aus dem Wohnzimmer, durch den Flur, öffnete geräuschvoll die Haustür und stieß Hatzmann auf die Straße hinaus.

Es ging alles sehr schnell. Verwirrt starrte Hatzmann auf sein Haus, Herbergsgasse 23.

Unbemerkt brach die Dämmerung herein. Aus den Fenstern der Nachbarhäuser schien sanftes Licht auf die abendfeuchte Straße. Es war kalt geworden. Fröstelnd zog Hatzmann seine Jacke enger um sich. Seine klammen Hände vergrub er in den Taschen. In der linken klimperte sein Schlüsselbund.

Irgendetwas war schief gelaufen.

Verwirrt versuchte er, seine Gedanken zu ordnen.

„Fang noch mal von vorne an“, redete er sich zu. Am besten, er spulte noch einmal das Geschehen zurück.

Dienstschluss, zwei Minuten warten auf die Linie 24, der mürrische Fahrer. Er hätte ihm ein Frohes Fest wünschen können. Dann die freudlose Frau neben ihm im Bus, das Weihnachtsgetriebe auf den Straßen, Stille Nacht, heilige Nacht.

An der Haltestelle Augustusplatz Ecke Königsallee hielt der Bus. Hatzmann stieg aus und stolperte beinahe über einen gebeugten Mann, der vor ihn auf den Bürgersteig trat.

„Passen Sie doch auf“, wollte Hatzmann ihn anschnauzen. Aber die Worte erstarben. Beschämt biss sich Hatzmann auf die Unterlippe.

„Entschuldigung“, sagte der Fremde, „aber können Sie mir sagen, wo es hier ein Hotel gibt, wo ich übernachten kann?“

Hatzmann zog die Schultern hoch.

„Bitte ...“, murmelte der Fremde, „ich bin fremd hier und gerade erst angekommen.“

Es gab ein Hotel, überlegte Hatzmann, gemütlich und

preisgünstig, aber leider am anderen Ende der Stadt. Der Fremde würde bestimmt zwei Stunden brauchen, bis er es gefunden hätte. Und es war schon spät und kalt.

Plötzlich kam Hatzmann eine Idee.

„Wissen Sie was", schlug er vor, „wenn sie nicht gerade erwartet werden, dann würde ich Sie gerne heute Abend einladen. Wir könnten gemeinsam essen und Weihnachten feiern. Und später begleite ich Sie zu Ihrem Hotel, einverstanden?"

Verdutzt schaute der Fremde ihn an.

„Nein", sagte er, „es erwartet mich niemand, aber warum sollten Sie das tun? Sie kennen mich nicht einmal."

Hatzmann seufzte.

„Ich kann mir vorstellen, wie es ist, fremd und unwillkommen zu sein. Und außerdem", fügte er rasch hinzu, „außerdem ist heute Heilig Abend."

Entschlossen führte er den Fremden den Marienweg entlang, dann links noch ein paar Schritte bis zum Haus Nummer 23 in der Herbergsgasse. Schlüssel, Schloss, sein Name auf dem Schild neben der Klingel. Der Haustürschlüssel klimperte, als Hatzmann ihn aus der Tasche zog. Der Kellerschlüssel schlug gegen den Türknauf, als der Haustürschlüssel ins Schloss glitt. Mühelos wie immer ließ er sich drehen.

Durch den Flur zog ihnen der Geruch von Kaffee und Kartoffeln entgegen, Zimt- und Mandarinendüfte. Im Bad trällerte Marion. Johannes Hatzmann steckte seinen Kopf zu ihr herein.

„Ich habe jemanden mitgebracht – ich hoffe, es ist dir recht – weil doch heute Heilig Abend ist."

Marion nickte verwundert.

Hatzmann geleitete seinen Gast ins Wohnzimmer. In der Ecke neben der Sitzgruppe stand der geschmückte Weihnachtsbaum. An seinen Ästen baumelten silberne Kugeln, in denen sich der Schein der Kerzen spiegelte. Eine Kerze tropfte. Sie stand ein wenig schief in ihrer Halterung. Wie warmer Honig lief der Wachs an ihr herunter und pitschte auf das Dach des Stalles, in dem Maria und Josef Herberge gefunden hatten.

III.

Und es waren Hirten in der selben Gegend auf dem Felde bei den Hürden, die hüteten des nachts ihre Herden. Und der Engel des Herrn trat zu ihnen und die Klarheit des Herrn leuchtete um sie und sie fürchteten sich sehr. Und der Engel sprach zu ihnen: Fürchtet euch nicht! Siehe, ich verkündige euch große Freude, die allem Volk widerfahren wird, denn euch ist heute der Heiland geboren …

Im Schutz der Dunkelheit hatte er sich selber ein Geschenk gemacht: eine Jacke aus einem blauen Altkleidersack. Verstohlen und hastig hatte er sie hervorgezerrt, denn eigentlich war das Aufschnüren der Kleidersäcke verboten. Aber das war ihm egal, denn waren diese abgelegten Kleidungsstücke nicht ohnehin für die Armen und Mittellosen bestimmt? Und gehörte er nicht zu denen? Wenn ihm sonst keiner etwas gab, dann würde er sich eben selbst etwas schenken. Und das gerade heute. Am 24. Dezember. Merkwürdig, dass heute jemand seine abgetragenen Sachen auf die Straße stellte, und dann noch hier in der Nähe der Geschäftsstraße, wo kaum einer wohnte. Wer mochte sich die Mühe gemacht haben und seine alten Lumpen so weit außerhalb der Wohngegend abgestellt haben? Und welche Sammelstelle mochte dazu aufgefordert haben? An Weihnachten waren die Leute, auch die Wohltätigkeitsvereine, mit anderem beschäftigt. Aber darüber wollte Willi lieber nicht nachdenken. Dieser Altkleidersack war ein Geschenk des Himmels, egal, wer ihn nun an die Straßenecke gestellt hatte. Hauptsache, Willi hatte ihn gefunden. Im Licht der Straßenlaterne hatte er geleuchtet wie ein hübsch verschnürtes Weihnachtspäckchen. Willi brauchte ihn nur auszupacken. Und dann hatte er zwischen ausgefransten Jeans und verschossenen Baumwollpullovern die Jacke entdeckt, eine dick gefütterte Steppjacke, so eine, wie man sie zu Schneewanderungen oder zum Skifahren anzieht. Was machte es schon aus, dass der Kragen speckig wie gelbe Schmierseife, die Nähte ausgerissen und die Ärmel viel zu lang waren. Erst hatte er sie umgeschlagen. Aber jetzt zog er sie über seine steif gefrorenen Finger. Denn Handschuhe hatte er keine. Auf dem Weg zurück in die Unterführung hatte er in den Schaufensterauslagen mit Schaffell gefütterte Handschuhe liegen sehen, Handschuhe und Stiefel und warme, wollene Schals. Vielleicht hätte ihm seine Enkeltochter so einen zu Weihnachten gestrickt. Und er hätte ihn zur Bescherung bekommen, gleich, nachdem sie vom Weihnachtsgottesdienst nach Hause gekommen wären. Aber es gab keine Enkeltochter und in die Kirche ging er schon längst nicht mehr. Es gab auch kein Weihnachten mehr, schon seit Jahren nicht. Es gab keine Spekulatius und keinen Gänsebraten und erst recht keinen roten Wackelpudding, der steif auf dem Löffel glibberte wie Tapetenkleister und den Willi als Kind so gern gegessen hatte und den keiner so gut kochen konnte wie damals seine Mutter. Seine liebe, gutmütige Mutter, die zu Weihnachten immer Wackelpudding auf den Tisch brachte, weil es damals, als er noch Weihnachten feierte, ausschlaggebend war, was Willi mochte und was nicht. Aber seine Mutter war längst gestorben und Weihnachten auch. Da mochten sie noch so viel Gänsebraten in den Röhren schmoren, da mochten sie noch so viel Rummel treiben, die Geschäftsleute und Innenstadtdekorateure, die Muttis mit ihren kiloschweren Geschenkpaketen und die freundlichen Politiker, die von fußballfeldgroßen Plakatwänden herunter fröhliche Weihnachten wünschten. Die konnten viel wünschen und versprechen auch. Willi glaubte ihnen längst nicht mehr. Oder hatte einer von denen sich mal darum gesorgt, ob er fror oder nicht? Und jetzt, wo er sich selber darum gekümmert hatte, würden sie ihn womöglich noch für einen Dieb halten. Ohne ihr papierenes Lächeln auch nur eines Blickes zu würdigen, tauchte er in eine Fußgängerunterführung. Zitternd lehnte er sich gegen die geflieste Wand. Er drückte sich so dicht an sie, dass er fast mit ihr verschmolz. Keiner der vorübergehenden Passanten drehte sich nach ihm um. Ihre gehetzten Blicke streiften nur kurz über ihn hinweg, als wäre er eines der schlecht hingeschmierten Graffitis, über die sich mancher noch ärgerte, die aber die meisten längst nicht mehr beachteten.

Oben tobte noch der Einkaufsrummel, Geschenksuche in letzter Minute. Süße Musik wehte herunter und dazwischen das gleichmäßige Trommeln von dicken, eisigen Regentropfen auf glänzendem Asphalt.

„Nichts ist mehr richtig“, murmelte er, „nicht mal Schnee gibt es mehr.“

„Gott sei Dank“, flüsterte jemand mitten in seine Gedanken. Eine zerschlissene fahlbraune Decke kauerte sich neben ihn. Zwischen den Falten lugten zwei himmelblaue, glänzende Augen hervor und ein merkwürdig rosiger Mund, aus dem die Worte plumpsten: „Kein Schnee, kein Eis, Mensch, Alter, Gott sei Dank."

„Ja, aber der Hunger", stöhnte Willi und presste seinen Unterarm in den Magen, der wie ein alter Diesel knurrte. In Höhe von Willis Knien wuchsen der Decke plötzlich Hände. Eine davon hielt eine durchsichtige Flasche, in der eine Flüssigkeit schwappte, die so blau war wie die Augen des Fremden.

„Willsten Schluck?", hauchte das Bündel. Das Angebot allein tat Willi wohl. Doch er hatte seine eigene Flasche. Wer weiß, was der andere ihm da anbot. Außerdem wäre Willi jetzt eine Wurst lieber gewesen oder noch besser ein paar Löffel warme Suppe.

„Dann musste zur Heilsarmee", riet ihm das Lumpenbündel.

Aber bei der Heilsarmee war Willi schon gewesen, und bei der Caritas und beim Roten Kreuz auch. Und überall waren sie nett gewesen, die Suppenverteiler mit ihrem antiseptischen Lächeln und Kellen so groß wie die Nachtischlöffel seiner Mutter. Aber vom Nettsein allein wird keiner satt und so ein bisschen Suppe hält nicht lange vor. Willi konnte sich nicht erinnern, wann er das letzte Mal ohne Loch im Magen eingeschlafen war. Das musste lange her sein. Und dass es ihm richtig warm war auch.

„Frierste?", nuschelte der andere neben ihm. Willi nickte. „Weißte nich, wo's warm ist?" Klar wusste Willi, wo es warm ist, im Eingang der Kaufhäuser, in den Unterstellhäuschen der Straßenbahnhaltestellen und in der Nähe der Frittenbuden, wo er sich vom Dunst des verbrannten Öls einhüllen ließ. Trotzdem keuchte er:

„Wo isses denn warm?“, und ließ sich an den eisigen Wandfliesen herunterrutschen, bis er neben der Decke kauerte. Die murmelte: „Zu Hause natürlich.“

„Spinnst du?“, kicherte Willi. Sein Zuhause war die Straße, Hauseingänge, Parkbänke, Gebüsch und, wenn die Polizei ihn ließ, der Wartesaal im Bahnhof oder die Unterführungen. Wusste das diese Penntüte nicht? Er war doch einer von ihnen, oder etwa nicht? Willi beugte sich vorsichtig näher an ihn heran. Ein Geruch wie aus einer Frischluftspraydose dampfte ihm entgegen. Also betrunken war der Typ nicht. Kein Fusel, kein Impel, kein Schweiß. Merkwürdig. Schade, dass es hier unten so dämmrig war. Willi hätte dem Burschen gern mal ins Gesicht geschaut. Aber der verkroch sich nur noch tiefer in seiner Decke. Naja, es war ja auch lausig kalt. Trotzdem: Willi hätte gerne gewusst, wer der Kerl war. Er kannte alle Kumpel aus der Gegend, denn er trieb sich schon jahrelang hier herum. Aber diesen hier, den hatte er noch nie gesehen. Wahrscheinlich lohnte es sich sowieso nicht, sich auf ihn einzulassen. Nur noch einer mehr, dem es dreckig ging, ein Ausgestoßener, ein Hoffnungsloser. Genau wie Willi selber. Ja, wenn der andere nur ein bisschen Licht in sein düsteres Leben bringen könnte. Aber damit war wohl nicht zu rechnen, denn wer hätte das schon gekonnt? Seufzend drückte Willi seine Knie durch und stemmte sich an den Wandfliesen nach oben. Seine viel zu langen Jackenärmel knüllte er in den Fäusten zusammen.

„Nu sei mal nich traurig“, wisperte der Fremde und rollte sich in seiner Decke zusammen wie eine Katze. Traurig? Willi war verzweifelt. Und nicht einmal mehr das. Er hatte schon längst resigniert, aufgegeben, aufgehört nachzudenken. Nach Hause! Meine Güte, der Kerl musste verrückt sein. Und wahrscheinlich lohnte es nicht einmal die Mühe, ihm das auch noch an den Kopf zu werfen. Da nahm Willi lieber noch einen kräftigen Schluck aus seiner Flasche. Irgendwann würde ihn der Fusel einlullen wie ein Einschlaflied. Und dann wäre alles nicht mehr so schlimm. Dann könnte er davon träumen, dass vielleicht irgendwann einmal ein Wunder passiert, dass ihm jemand begegnet, vielleicht eine Fee wie im Märchen oder ein Engel, und ihm sagt, wo es Rettung gibt.

Versonnen starrte er auf die Flasche in seiner Hand. Fast hätte ihn die grüne Uniform überrumpelt. Wie aus dem Nichts tauchte der Polizist plötzlich am anderen Ende der Unterführung auf. Und es kam so, wie es meistens kam: Der Ordnungshüter marschierte direkt auf Willi zu, baute sich breitbeinig vor ihm auf und brüllte ihm mitten ins Gesicht: „Verschwinde!“ Und das Wort hallte tausendfach von den Wänden wieder und rollte über Willi hinweg wie eine Lawine.

„Weg hier“, dachte Willi. Und dann rappelte er sich unter dem strengen Blick des Polizisten auf, stolperte über die Decke und stürzte durch den Tunnel. Draußen nieselte es noch immer. Willi flüchtete mitten in den Regen und zwischen vorbeihastende Menschen. Er wich Einkaufstüten, Kinderwagen und Regenschirmen aus. Eine Straßenbahn quietschte, als er über die Schienen hechtete. Der Abend war neonhell.

„Wohin?“, überlegte Willi. An die beleuchteten Schaufenster klatschte das Wasser und von den künstlichen Tannenzweigen und silbernen Plastiksternen, die auf langen Drahtschnüren über der Straße baumelten, tröpfelte es herunter wie Tränen. Über das viel versprechende Politikerlächeln auf den Plakatwänden flossen schmutzige Rinnsale.

Da plötzlich entdeckte Willi wie eine Prophezeiung den Engel. Etwa 200 Meter vor ihm und mindestens 10 Meter über dem Boden klebte die überlebensgroße Figur an einer Mauer, die hoch wie ein Kirchturm in den Himmel ragte. Der Engel leuchtete wie ein Kaminfeuer. Vor seinem strahlenden Gesicht und den weit ausgespannten Flügeln hüpften regenbogenfarbene Lichtpunkte, die Willi blendeten, sobald er hinauf blickte. Wahrscheinlich ein Effekt, den der Regenschleier hervorrief, der vor dem Engel niedersank. Und wahrscheinlich lag es ebenfalls am Regen, dass es schien, als bewege er sich. Jedenfalls schwankte er, als wäre er nicht sicher im Mauerwerk verankert. Trotzdem stürzte Willi genau auf diesen Lichtblick zu.

„Nich so schnell“, raunte es hinter ihm. Der Fremde aus der Unterführung schwebte mit wehender Decke auf ihn zu.

„Ich denk, du willst ins Warme“, schnaufte er, „un nu spazierste hier im Regen?“

Keuchend blieb Willi stehen.

„Na, Gott sei Dank“, keuchte der Fremde, „bin schon ganz außer Puste.“ Und dann hatte er Willi erreicht. Treuherzig blickten die himmelblauen Augen des Fremden zu ihm auf und eine Hand, die sich merkwürdig warm anfühlte, griff in Willis Jackenärmel. Willi versuchte sie abzuschütteln.

„Biste sauer?“

„Nee“, seufzte Willi, „nur dein ewiges Gott-sei-Dank, das geht mir langsam auf den Nerv.“

„Na“ beschwichtigte ihn der andere, „es gibt immer einen Grund, Gott zu danken.“

„Ach, Unsinn“, winkte Willi ab, „wofür sollte ich dem schon danken? Wofür könnte ich überhaupt jemandem danken? Dafür etwa, wie fein sie sich um uns kümmern?“ Resigniert zeigte er auf die Politikerplakatwände. „Alles leere Versprechungen“, schnaufte er. „Dem Einzigen, dem ich danken könnte, wäre ich selber. Denn hier, schau her, diese Jacke habe ich mir selber geschenkt. Willi-sei-Dank.“

„Aber heute ist Weihnachten“, murmelte der andere und wickelte die Decke um seine mageren Schultern.

„Eben“, ächzte Willi.

„Aber Gott kommt zu den Menschen, weißt du das nicht?“

„Nee“, schnauzte Willi, „denn zu mir ist kein Gott gekommen. Wenn es denn überhaupt einen gibt, dann kommt er vielleicht zu denen da.“

Willi breitete seine Arme aus und beschrieb mit ihnen einen Bogen, der die herumwuselnden und beladenen Menschen umfasste.

„Für die gibt es vielleicht einen Gott und Weihnachten und und ein Gott-sei-Dank. Aber mich muss dieser Gott vergessen haben und dich, du Herumtreiber, dich doch auch.“

„Nein“, sagt der Fremde. Und dann drehte er sich um und schlotterte durch den Regen davon.

Willi spürte, wie das Wasser sich in seinem Kragen sammelte. Gleichmäßig tröpfelte es seinen Nacken herunter. Der andere hatte ihn stehen lassen, war einfach gegangen, hatte ihn verlassen. Genauso wie die anderen und genauso, wie dieser fremde Gott. Von wegen: Gott kommt zu den Menschen. Eher war es doch wohl so, dass die Menschen zu ihm kommen mussten, oder? Vielleicht sogar so, wie der alte Spinner. Vielleicht war es das schon: ein bisschen Gott-sei-Dank. Aber das würde Willi auch nicht retten, oder?

Durch den Regenschleier und zwischen den Menschen sah Willi die Decke des Fremden flattern wie zwei ausgebreitete Flügel. Die Decke steuerte geradewegs auf den dunklen, in den Himmel gereckten Backsteinbau mit dem Riesenleuchteengel zu. Der Bau wirkte nicht eben einladend, aber vielleicht barg er ein warmes Plätzchen. Wenn nicht nur schon wieder der Hunger in Willis Eingeweiden bohren würde. Willis Knie fühlten sich schon an wie Mutters Wackelpudding und vor seinen Augen hob und senkte sich eine düstere Wand. Jetzt nur nicht umfallen, dachte er und umfing sich mit seinen eigenen Armen. Dann taumelte er hinter dem anderen her.

Im Näherkommen erkannte Willi, dass der Backsteinbau eine Kirche war. Evangelisch oder katholisch, egal, Hauptsache warm. Eine Menschentraube drängelte sich gegen die weit geöffneten Flügeltüren. Vielleicht könnte Willi sich zwischen sie schieben und sich mit ihnen ins Warme schwemmen lassen. Innen leuchteten schwach ein paar Kerzen, zu wenig, um wirklich Licht zu verbreiten. Und die Neonlichter der Stadt schienen von den schwarzen Backsteinen verschluckt zu werden. Niemand würde Willi sehen, niemand ihn beachten, und deshalb würde ihn vielleicht, wenn er Glück hätte, auch niemand verjagen. Dem fremden Herumtreiber aus der Unterführung war es wahrscheinlich längst gelungen, sich zwischen die Menschentraube zu drücken. Tatsächlich entdeckte Willi plötzlich einen Zipfel der fahlbraunen Decke und dann auch die magere Gestalt, die sich über ein Kind beugte. Als der Fremde es ansprach, konnte Willi deutlich erkennen, wie das kleine Gesicht aufleuchtete wie ein Spiegel, über dem jemand eine Lampe eingeschaltet hat. Doch plötzlich war der Fremde verschwunden.

Der hatte es geschafft, der hockte bestimmt schon drinnen.

Vorsichtig schlich Willi näher. Jetzt trat er aus den Lichtkegeln der Schaufensterbeleuchtungen und tauchte in den Schatten der Kirche, den Kopf tief zwischen seinen Jackenkragen gezogen. Jetzt bloß keinen Augen begegnen, bloß unentdeckt bleiben und hoffentlich bald im Warmen sein.

Wenn nur der Engel nicht wäre.

Der strahlte vom Kirchturm wie ein Scheinwerfer. Silbrigweiß sprühten Lichtfunken und regneten direkt auf Willi herunter. Seine Flügel zitterten fahlgelb und sein Gewand glitzerte wie ein Sternenhimmel über der Wüste. Willi musste genau unter dem Licht hindurch, um das Kirchenportal zu erreichen. Ängstlich blickte er hinauf. Und jetzt, so aus der Nähe, sah er es deutlich. Oder narrte ihn der Regen, oder sein Hunger, oder der Schnaps? Nein, der Kopf der Figur neigte sich tatsächlich. Erst nur ein paar Zentimenter, aber immerhin. Und seine Arme, streckten die sich nicht gerade nach ihm aus? Klappten da nicht zwei bloße Füße unter dem Saum gegen die Backsteine? Willi täuschte sich nicht. Da knirschte Metall gegen Stein. Und jetzt heulte ein Windstoß den Kirchturm hinauf. Die Figur schwankte und senkte sich sanft nach vorn wie zu einer Verbeugung. Regen drückte sich zwischen Wand und Gewand und platschte auf vibrierende Flügel.

Und plötzlich blitzte es. Funken stoben und Licht explodierte. Die Nacht leuchtete heller als der Tag und kometengleich schoss es auf die Menschen herunter. Willi stand mittendrin.

„Weg hier."

Entsetzen packte ihn, wie er so plötzlich mitten im Licht stand.

„Weg hier", keuchte er. Aber vor ihm hatte die Menschentraube sich zu einer undurchdringlichen Wand verdichtet und hinter ihm drängten andere in Panik nach, wuselten wie Ameisen kopflos durcheinander und versperrten jeden Ausweg. Eine Frau kreischte. Ellenbogen stießen und Füße traten um sich. Ein Kinderkopf landete in Willis leerer Magengrube. Schreie gellten und Menschen spritzen auseinander. Metall krachte auf den Asphalt. Etwas Hartes klatschte gegen Willis Stirn und etwas Spitzes schlitzte seine Skijacke auf. Von der Schulter bis hinunter zum Saum riss der Stoff auseinander und entblößte Willi bis auf die dreckige Haut. Getroffen zuckte Willi zusammen. Seine Beine sackten weg und verwundert spürte er, wie sich ihm der Boden entgegen hob. Dann wurde es plötzlich dunkel und still.

Was war passiert?

Willi wusste nicht, wo er war. Seine Gedanken waren durcheinander. Er war erschöpft und hungrig und sein Kopf schmerzte. Menschen drängten sich um ihn. Sirenen heulten und durch seine geschlossenen Lider schimmerte Blaulicht. Langsam öffnete er die Augen.

Was Willi als Erstes sah, war ein Mann mit himmelblauen Augen, der über ihn eine fahlbraune Decke breitete. Und dann kniete eine Frau mit einem roten Kreuz auf ihrem Ärmel neben ihm nieder und ihr Gesicht sah aus, wie das seiner Mutter, pausbäckig, geschäftig und voller Falten. Gutmütig tätschelte sie seine Wangen.

„Aufwachen, Alter", flüsterte sie. Und dann griff sie ihm unter die Schulter und richtete ihn auf. Verwundert schaute Willi in die Runde. Gesichter starrten auf ihn herunter. Aber keines rief: „Verschwinde". Einige lächelten sogar, erleichtert darüber, dass sie nicht anstelle des Obdachlosen auf dem eisigen Asphalt zwischen blitzenden Metallteilen aufwachten.

Neben Willi zerrten Männer Schrottteile beiseite, gelbes und weißsilbriges Glitzermetall, an denen herausgerissene Kabel baumelten, Eisenstangen und herausgebröckelte Backsteine.

„Gehen Sie doch auseinander", blökte einer die Schaulustigen an, „wie sollen wir denn sonst unsere Arbeit tun?" Widerwillig schoben sich die Menschen an ihm vorbei. Eisen schepperte, als sie darüber stolperten.

„Wenn nun noch mehr runter kommt", schimpfte der Arbeiter und zeigte zum Kirchturm hoch. Aber an dem lehnten schon Leitern und ganz oben balancierten andere in Anzügen in grellem Orange und lösten vorsichtig lockere Steine und Metall.

„Ein Engel genügt", spottete ein Dicker, „da kommt nichts mehr."

„Da sein Sie aber mal froh", wetterte der Arbeiter.

„Bin ich auch“, schnaufte der Dicke beleidigt.

„Ja, Gott sei Dank, dass es nur diesen einen getroffen hat“, murmelte die pausbäckige Frau, die Willi in ihren Armen hielt wie einen jungen Hund.

„Gott sei Dank, keine Verletzten, und diesen hier, den kriegen wir auch wieder auf die Beine.“

Aufmunternd klopfte sie Willi auf die Schulter, auf der die Decke des Fremden lag. Dann stand sie auf und zog ihn an ihrer ausgestreckten Hand nach oben. Willi staunte, wir gut ihn seine Beine hielten. Das Blut auf seinem Gesicht war bereits abgewaschen und die Wunde auf seiner Stirn versorgt worden. Jemand hatte ein Pflaster darüber geklebt, wahrscheinlich die Frau vom Roten Kreuz. Und die Decke des Fremden verbarg den Riss in Willis Jacke. Willi war sogar ein bisschen warm darunter.

Die Sanitäterin schaute noch einmal prüfend in sein Gesicht. Dann hob sie ihre Tasche vom Boden und marschierte hinüber zum Krankenwagen, auf dessen Dach noch das Blaulicht rotierte. Als der Wagen anfuhr, machten die Umstehenden ihm vorsichtig Platz. Keiner achtete mehr auf Willi. Nur der Dicke musterte ihn noch einmal. Aber schließlich wandte auch er sich ab. Es war ja alles in Ordnung, die Samariter verschwunden und die Unfallursache beinahe beseitigt. Nun war Willi wieder das, was er immer gewesen war: ein Obdachloser.

Willi wickelte die Decke enger um sich. Er hätte sie dem Fremden mit den blauen Augen zurückgeben sollen. Aber der war wie von der Erde genommen, mitsamt seinem Gott-sei-Dank und Gott-kommt-zu-den-Menschen-Gefasel. Suchend tasteten Willis Augen über die sich verlaufenden Menschen. Aber er konnte den Fremden nirgends entdecken.

Egal. Hauptsache, Willi war wieder auf den Beinen. Warum sollte er sich also um einen blauäugigen Penner kümmern? Was hatte sich schon verändert? Was war passiert, außer, dass ihn ein Engel getroffen hatte?

Willi griff fester in die Decke. Und was nun? Der Regen hatte endlich aufgehört. Trotzdem, irgendwo musste Willi ja hin. Er konnte ja nicht ewig hier herumstehen. Hilflos blickte er sich um. Und dann fiel ihm ein, wo er von Anfang an hingewollt hatte. Und noch etwas unsicher tappte er zwischen den Leitern hindurch mitten in die offene Kirche.

IV.

Und alsbald war da bei dem Engel die Menge der himmlischen Heerscharen, die lobten Gott und sprachen: Ehre sei Gott in der Höhe und Frieden auf Erden bei den Menschen seines Wohlgefallens.

Auf den Straßen drängen sich die Menschen. Sie schieben sich Schulter an Schulter auf Fahrbahnen und Bürgersteigen und machen jeden Autoverkehr unmöglich. Manche balancieren Transparente auf langen Stangen. Conni Schumann erkennt die Schriftzüge nicht, denn schon längst hat sich Dämmerung über die lärmende Stadt gelegt. Letztes Jahr und das Jahr davor und eigentlich in keinem Jahr, solange Conni sich zurückerinnern kann, hat es an diesem Abend solche Unruhen gegeben. Eigentlich sollten die Leute gemütlich mit ihren Familien in ihren Häusern essen und trinken, sich gegenseitig überraschen und miteinander feiern. Eigentlich ist es genau das, was Conni gerade jetzt gern tun würde. Aber es scheint, als ob die ganze Stadt auf den Beinen ist. Nur hinter wenigen Fenstern leuchtet warmes Kerzenlicht. Am Liebsten würde Conni einfach an eine der Türen klopfen und fragen: „Hallo, kann ich mit Ihnen Weihnachten feiern?" Aber das geht natürlich nicht. Sie kann sich gut die verdutzten, verwirrten, und schlimmer noch: die ablehnenden Blicke vorstellen, denen sie dann standzuhalten hätte. Es wäre auch zu merkwürdig: Ein Mädchen von fast 16 Jahren, der die schneenassen Haare im tränenverquollenen Gesicht kleben. Bestimmt würden nur wieder bohrende, fordernde Fragen auf sie einstürzen. Da hätte sie auch gleich zu Hause bleiben können. Doch zu Hause hat sie es nicht mehr ausgehalten. Dort hätte sie unter den Augen von Vater und Mutter Erklärungen und Geständnisse ablegen müssen. Wieder einmal wären sie von ihr enttäuscht gewesen. Dabei hatte Conni sich vorgenommen, es endlich besser zu machen. Keine Lügen, keinen Griff mehr in die Haushaltskasse und kein Entwenden von irgendwelchen Dingen, die ihr nicht gehörten. Diebstahl, meine Güte, sie ist doch keine Diebin. Sie hatte sich nur genommen, was sie gerade gebraucht hatte. Conni hatte angenommen, dass das, was den Eltern gehörte, auch für sie zugänglich sei. War es denn wirklich so schlimm, wenn sie sich mal etwas aus Mutters Schrank oder aus Vaters Schreibtischschublade ausborgte? Sie hätte es schon wieder zurückgelegt. Was konnte sie dafür, dass die Eltern ihre Sachen so bald schon vermissten und ihr nicht genügend Zeit ließen, alles wieder dorthin zurückzulegen, woher sie es genommen hatte. Na ja, stimmt schon, Mutter hatte fast ein Vierteljahr nach ihrem V-Ausschnitt-Pulli gesucht und Vater mindestens vier Wochen nach seinem Füllfederhalter, den Oma ihm zum Geburtstag geschenkt hatte. Conni wollte ihn wirklich gleich wieder zurücklegen. Sie hatte ihn nur mal ausprobieren wollen, weil er doch eine so schöne breite Feder hat. Und dann hatte Vater ihn auf ihrem Schreibtisch liegen sehen. Und dann hatte es ein fürchterliches Theater gegeben. Conni hatte kaum Gelegenheit gehabt, irgendetwas zu erklären.

„Ich wollte wirklich nicht ...“, hatte sie angesetzt. Aber Vater hatte sie angeschrien, dass es egal sei, was sie gewollt hatte. Tatsache war, dass sie ohne zu fragen seinen Füller genommen hatte.

„Glaubst du, ich hätte ihn dir nicht ausgeliehen? Glaubst du, ich will dir etwas vorenthalten? Warum hast du mich nicht gefragt?", hatte er gewütet. Aber darauf hatte Conni geschwiegen, was den Vater noch zorniger werden ließ. Er hatte getobt wie ein Sturm. Es hätte nicht viel gefehlt, und seine Hand wäre ausgerutscht. An seinen ineinander gehakten Fingern und den anschwellenden Adern an seinen Schläfen hatte Conni gesehen, wie sehr er sich beherrschen musste. Nachher war er ganz stumm geworden und hatte den ganzen Abend vor dem Fernseher gehockt, hatte auf den Bildschirm gestarrt, ohne wirklich etwas mitzubekommen. Seine Stirn hatte sich in lauter Falten geknittert. Richtig zerknirscht hatte er ausgesehen. Aber kann einer bedrückt sein, wenn er gleichzeitig so wütend ist? Conni konnte sich das nicht vorstellen.

Heute Abend war es genauso gewesen. Nur diesmal war es die kleine vollautomatische Pocketkamera. Conni hatte sie wirklich gebraucht, und zwar dringend. Sie hatte vorgehabt, dem Vater zu Weihnachten einen Kalender zu schenken, den sie mit eigenen Fotos gestalten wollte. Conni besaß keinen eigenen Fotoapparat. Sie hatte sich nichts dabei gedacht, den von Vater und Mutter zu benutzen. Seit sie sich im Sommer, noch rechtzeitig vor ihrer Ferienreise, eine funkelnagelneue Nikon geleistet hatten, lag der kleine Apparat sowieso nur verwaist in einer Schublade. Conni hatte geglaubt, es würde schon nicht so schlimm sein, wenn sie ... Naja, sie hatte sich eben die kleine Kamera ausgeborgt. Unbemerkt waren ein paar Wochen darüber vergangen. Zu dumm, dass sie vergessen hatte, den Apparat zurückzulegen. Sie hatte bestimmt niemanden ärgern oder verletzen wollen, am allerwenigsten den Vater. Aber der hatte ihr natürlich nicht geglaubt. Er hatte nur getobt. Dabei braucht er die alte Kamera überhaupt nicht. Er kann genauso gut die neue nehmen. Mit der Nikon wird er Sebastian, den kleinen Schumann-Goldengel, sowieso viel besser ablichten können.

Sebastian, dieser Verräter! Natürlich hatte er Vaters Frage genau mitbekommen. Er sprang gerade die Treppe herunter, was gar nicht so einfach war, weil sein langes Engelkleid sich bei jedem Schritt um seine Füße wickelte. Er war schuld, dass alles aufgeflogen war.

„Also, wer hat nun die Kamera zuletzt gehabt?", hatte Vater gefragt und seine Stimme hatte geklungen wie ein zu straff gespannter Geigenbogen. Mutter bekam vor lauter Aufregung rote Flecken auf ihrem Hals und einen Blick wie ein geprügelter Hund. Und dieser Blick machte, dass Conni beim besten Willen kein Wort herausbrachte, erst recht nicht, als Vater auch noch zischte: „Und das zu Weihnachten ..."

Der Sturm hatte jeden vernünftigen Gedanken aus ihrem Gehirn gepustet. Deshalb hatte sie nur stumm mit den Achseln gezuckt.

„Aber ich habe gesehen, wie du mit dem Ding fotografiert hast", hatte Sebastian zuckersüß von der obersten Treppenstufe herunter gezwitschert. Conni hätte ihm am liebsten sein blödes Engelsgewand mitsamt seinen albernen Mädchenlocken in den vorlauten Schnabel gestopft.

Vater hatte gleich wieder zu toben begonnen und Mutters Hundeaugen hatten sich mit dicken Tränen gefüllt. Schließlich war Vater stumm geworden. Über seine Stirn hatten sich wieder tiefe Knitterfalten gelegt. Er hatte sich abgewandt und den Fernseher eingeschaltet.

„Ausgerechnet jetzt“, hatte Mutter geschluchzt, „wo es schon so spät ist.“

Doch Vater hatte nur vor sich hin gegrunzt und sich in den Fernsehsessel gedrückt. Er hatte die Nachrichten verfolgt, als gäbe es nichts wichtigeres auf der Welt. Conni konnte über die Sessellehne das Chaos auf dem Bildschirm erkennen: Hunger im Sudan, Krieg in Afghanistan, ein Vulkanausbruch in Südamerika. Und selbst in der eigenen Stadt kehrte kein Friede ein. „Alle Straßen gesperrt wegen Anti-Weihnachts-Demonstrationen“, erklärte der Sprecher.

„Ja, warum eigentlich nicht“, hatte Vater gegrollt, „wozu soll Weihnachten nützen, wenn alle Welt es in Unfrieden begeht? Es ist vielleicht tatsächlich das Beste, das Fest fällt aus, zumindest bei Familie Schumann.“

„Aber was wird dann aus meiner Weihnachtsnachricht?“, hatte Sebastian gekräht.

„Die ist doch sowieso vollkommen blöde“, hatte Conni geschrien. Ohne zu überlegen hatte sie ihren Mantel übergeworfen und war auf die Straße hinausgestürzt. Hinter ihr knallte die Haustür.

Jetzt rieselt Schnee auf ihre Schultern und ein eisiger Wind zerrt an ihrem Mantel. Conni zieht den Kopf in ihren aufgestellten Kragen. Am Liebsten würde sie noch tiefer kriechen, sich unsichtbar machen, ganz in sich hineinkrabbeln, bis sie tief drinnen ein dunkles Plätzchen findet, wohin ihr dies dumme Herzklopfen und die alberne Scham nicht folgen können. Und auch nicht die Furcht, dass nichts mehr in Ordnung kommen wird. Sie ist weggelaufen. Sie weiß keine Lösung und irgendwie glaubt sie auch nicht, dass die Eltern eine haben. Wie sollen Vater und Mutter ihr auch jemals wieder vertrauen können? Dabei wünscht sich Conni sehr, dass die Eltern sich über sie freuen, stolz auf sie sind und sie lieb haben. Aber dieses Wohlgefallen hatte sie sich wohl gründlich verscherzt. Und nun?

Am Liebsten möchte Conni nichts mehr fühlen, keine Fragen, keine Kälte, nicht einmal mehr sich selber. Sie hat schon aufgehört, ihre Beine zu spüren. Im Gehen schließt sie die Augen, lässt sich voranschieben von dem Menschenstrom, stolpert über Bordsteine, hangelt sich an Gartenzäunen entlang, lässt sich treiben wie ein Papierschiffchen im überfluteten Rinnstein. Wasser, tiefes, dunkles, kühles Wasser, das wäre vielleicht eine Möglichkeit. Als Conni ihre Augen öffnet, hasten nur noch wenige Menschen an ihr vorbei. Sie ist in einer Nebenstraße mit reinlichen Einfamilienhäusern gelandet. Am Ende der Straße türmt sich die schwarze Baumsilhouette des Stadtparks auf. Hier mündet der Asphalt in einen Kiesweg. Kleine Steinchen knirschen unter Connis Stiefeln. Die Einfamilienhäuser bleiben zurück. Nur das Licht aus ihren erleuchteten Fenstern wirft gespenstische Quadrate vor Connis Füße. Über ihr zottelt der Wind die kahlen Äste von Weiden und Kastanienbäumen, drückt gegen ihren Rücken und schiebt sie tiefer in den Park hinein, dorthin, wo der Kanal sich wie eine dunkle Schlange durch die Anlage windet. Gestrüpp und kniehohes, reif überzogenes Gras säumt sein Ufer. Vom Weg aus ist der Wasserspiegel kaum zu sehen.

Er wird zugefroren sein, vermutet Conni. Sie hört das leise Knacken und dann, wie der Wind wie ein Messer über die blanke Fläche wetzt. Bei dem Geräusch fröstelt sie. Sie schiebt ihre Hände tiefer in die Taschen und beschleunigt ihre Schritte. Zu Hause wäre es warm, denkt sie, wenn Vater nur ... Aber nun war es vermutlich zu spät. Und das ausgerechnet an Weihnachten. Dabei sollte Weihnachten ein Anfang sein, oder hatte sie das irgendwie falsch verstanden? War es nicht so gedacht gewesen, damals, vor 2000 Jahren, von diesem anderen Vater, diesem Vater im Himmel? Conni hatte sich nie viel um ihn gekümmert. Ihr genügte der eine Vater auf der Erde, der zu Hause, der, der immer gleich ausrastet und Fragen stellt, die keiner beantworten kann, sie schon gar nicht. „Warum hast du mich nicht gefragt?" Meine Güte, was erwartet er? Schließlich ist sie fast 16 und will nicht mehr angedackelt kommen wie ein kleines Schulmädchen. Allmählich will sie selbst bestimmen. Begreift er das denn nicht? Conni versteht nicht, warum er immer gleich so beleidigt reagiert. Aber sich selber versteht sie auch nicht. Warum enttäuscht sie ihren Vater immer wieder? Dabei wünscht sie sich sehr, dass er sie in den Arm nimmt. Aber irgendwie bringt er das nicht fertig. Ob dieser fremde Vater im Himmel vielleicht…? Wenn sie diesen Vater nur besser kennen würde. Aber dazu hatte die Adventszeit auch nicht beitragen können. Gerade in den letzten Wochen war ihr die ganze Sache mit Weihnachten ziemlich auf die Nerven gegangen. Und schuld daran war natürlich Sebastian, dieses Miststück im Engelskostüm. Sein Text für das Krippenspiel hing Conni schon zum Halse heraus. Immer und immer wieder hatte Mutter es mit ihm geübt. Sie hatte ihm genau erklärt, wann er dran kommt und welche Worte der Erzähler vor ihm sagen würde. Immer wieder hatte sie es ihm vorgeleiert: Und es waren Hirten in derselben Gegend auf dem Felde ... Und der Engel des Herrn trat zu ihnen ...

„Warum denn?“, hatte Sebastian sie unterbrochen.

„Weil er eine wichtige Nachricht für sie hat“, hatte Mutter erklärt.

„Welche denn?“

„Ach, Sebastian, die, die du aufsagen sollst. Du bist doch der Engel, oder etwa nicht“, hatte Mutter geseufzt und hatte ihm sein Stichwort gesagt: „Und der Engel des Herrn sprach zu ihnen ... Jetzt, Sebastian, jetzt bist du dran.“

Sebastian sprudelte drauflos, obwohl der Text lang war. Er hatte sich wieder und wieder verhaspelt. Conni konnte ihn vom ewigen Wiederholen schneller auswendig als ihr Bruder. Gerade jetzt, als sie die Brücke erreicht, die sich über den dunklen Kanal wölbt, fliegen ihr die Worte wie von selber zu. „Fürchtet euch nicht.“ Aber Conni fürchtet sich fürchterlich. „... denn siehe, ich verkündige euch große Freude.“ Conni aber fühlt sich unglücklich.

„... denn euch ist heute der Heiland geboren“ ... denn ich hab heute meine Familie verloren, denkt Conni bitter. An den Rest der Engelsbotschaft kann sie sich nicht so genau erinnern, denn den hat Sebastian nicht geübt. Der Rest der Engelsbotschaft wird von einem Männerchor gesungen, der extra aus einer anderen Stadt anreisen wird. Vielleicht ist dieser Rest ja zu erhaben für einen blondlockigen Möchtegern-Engel. Conni will diesen Rest sowieso nicht wissen, denn alles was jetzt noch kommt, kann ohnehin nicht für sie gelten. Die Engel haben wahrscheinlich nur die Hirten gemeint, aber bestimmt nicht einen Teenager aus dem 20. Jahrhundert. Obwohl, schön wäre es schon ... Schön wäre es, wenn Frieden wäre zwischen ihr und dem Vater und wenn sie gefallen würde, wenn Conni ihrem Vater gefallen würde. Wenn sie nur wüsste, was sie dazu tun muss.

„Gar nichts“, sagt plötzlich eine Stimme hinter ihr. Erschrocken fährt Conni herum.

Sie hat nicht gemerkt, dass sie laut vor sich hin gesprochen hat und sie hat auch nicht die Autos gehört, die plötzlich in einer langen Kolonne auf die Kanalbrücke zurollen. Sie sind blütenweiß wie zugeschneit und hinter den blauen Scheiben sitzen in jedem Wagen vier weiß gekleidete Männer mit leuchtenden Augen und sich gleichmäßig bewegenden Lippen. Der erste Wagen hat dicht vor Conni gebremst. Eine Gestalt lehnt sich aus dem heruntergekurbelten Fenster.

„Du musst gar nichts tun, um dem Vater zu gefallen“, wiederholt sie, „oder weißt du nicht, dass ein Kind dem Vater gefällt, allein deshalb, weil es sein Kind ist?“

„Aber trotzdem streiten wir uns dauernd“, stammelt Conni.

„Ja, das ist schlimm“, gibt die fremde Person zu, „aber es ist auch schlimm, dass du hier so allein auf der Kanalbrücke herumlungerst. Du versperrst uns nämlich den Weg, junge Dame. Und, es tut mir Leid, aber wir haben es eilig. Es ist schon spät.“

Das zweite Auto drängt sich vorsichtig an das erste. Beinahe berühren sich die blinkenden Stoßstangen.

Auch der dritte und vierte Wagen rollt zentimeterweise vorwärts. Weiter hinten drehen andere die Fenster herunter. Köpfe beugen sich heraus. Dampfende Atemwolken bilden sich vor den Mündern, die sich immer noch bewegen wie zu einer geheimnisvollen Übung.

Wer sind die merkwürdigen, weißen Reisenden, denkt Conni, und wo kommen sie her? Was suchen sie hier, mitten im Park, gerade jetzt? Langsam tappt Conni rückwärts von der Brücke. Im Schritttempo folgen ihr die Autos. Am Ende der Brücke tritt Conni zur Seite in die klamme Wiese. Lautlos wie Geisterfahrzeuge schweben die Wagen an ihr vorüber. Einige der Insassen drehen sich zu ihr um. Manche kurbeln wie in Zeitlupe ihre Fenster herauf. Conni sieht Augen, die lächeln, und Münder, die immer noch intonieren. Während die Karawane an ihr vorüberzieht, trägt der Wind ihren Gesang zu ihr.

Sie muss sich beeilen, um ihn nicht zu verlieren. Mit großen Schritten hastet sie hinter den Autos her durch den winterkahlen Park.

Bei Schumanns rast die Zeit. Für einen langen Augenblick scheint es, als sei Weihnachten längst vorüber. Aus dem Wohnzimmer plärrt wie an irgendeinem Abend im Jahr der Fernseher. Auf der Treppe zappelt Sebastian.

Als die Haustür ins Schloss kracht, steht Frau Schumann fassungslos im Flur. Eine kleine verzweifelte Ewigkeit steht sie dort, bis ihr schließlich klar wird: Weihnachten ist nicht vorüber. Sie muss sich zusammennehmen. Einer muss jetzt einen klaren Kopf behalten. Die Tränen laufen ihr noch immer über das Gesicht. Doch für Verzweiflung bleibt jetzt keine Zeit. Energisch wischt sie sich die Augen trocken, hastet ins Wohnzimmer, greift die Fernbedienung.

„Wir müssen uns beeilen“, sagt sie, „in einer halben Stunde beginnt der Gottesdienst. Es hat keinen Sinn, zu spät zu kommen. An Weihnachten ist es immer so voll.“

„Na und“, murmelt Herr Schumann. Seine Stimme klingt immer noch wie ein zu straff gespannter Geigenbogen.

„Wir gehen nicht, unter diesen Umständen gehen wir nicht ...“ knurrt er aus dem Fernsehsessel heraus.

„Aber das Krippenspiel, denk mal an Sebastian ...“ flüstert Frau Schumann. Wie auf Kommando brüllt Sebastian von der Treppe herunter: „Fürchtet euch nicht, denn siehe, ich verkündige euch große Freude ...“

Da knipst Frau Schumann auf den roten Knopf der Fernbedienung. Kriege, Hungersnöte und Vulkanausbrüche, selbst die Anti-Weihnachts-Demonstration verschwinden hinter der schwarze Mattscheibe.

„Als ob das eine Lösung wäre“, murmelt Herr Schumann, erhebt sich aber doch aus dem Sessel und schlappt in den Flur, wo Sebastian ihm entgegenschmettert: „denn euch ist heute der Heiland geboren ...“

„Fahren können wir nicht“, übergeht ihn Herr Schumann, „die Straßen sind wahrscheinlich alle verstopft. Der einzige Weg wäre durch den Park, aber da mit dem Auto durch – ich weiß nicht ...“

„Wir müssen uns eben beeilen.“

Hastig stopft Frau Schumann Sebastian mitsamt seinem Engelskostüm in einen Anorak und schiebt Vater und Sohn in den leise rieselnden Schnee hinaus.

Durch die Stadt wälzt sich immer noch der Zug der Demonstranten. Die Eltern nehmen Sebastian in ihre Mitte und drängeln sich gegen den Strom durch die

Menschen. Durch den Tumult hören sie die Kirchenglocken läuten. Sie haben fast das Ende des Zuges erreicht. Nur noch wenige Leute kommen ihnen entgegen.

Da entdeckt Sebastian plötzlich die Kolonne.

„Lauter weiße Autos", ruft er.

„Wie die es bloß durch die Stadt geschafft haben", wundert sich Herr Schumann.

Vorsichtig bremsen die Wagen vor den Demonstranten. Schumanns sind schon längst an ihnen vorbei. Schon überqueren sie den Kirchplatz, schon haben sie das Kirchenportal erreicht. Von drinnen orgelt „Stille Nacht, Heilige Nacht" in die kalte Winterluft. Der Engel huscht zu Maria und Josef. Vater und Mutter drücken sich in eine der hintersten Reihen. Sie lassen sich gerade auf die harte Kirchenbank nieder, da beginnt die Geschichte: Es begab sich aber zu der Zeit ...

Sebastian passt ganz richtig sein Stichwort ab. Fest und laut verkündet er die Friedensbotschaft. Die Worte hallen noch im Kirchenschiff nach, als sich plötzlich das Portal öffnet. Weiß gekleidete Männer treten ein. Sie schreiten durch den Mittelgang zum Altarraum, wo sie sich zu einem Halbkreis formieren. Ihre Gesichter glühen und ihre Augen glänzen. Ihre weißen Kleider strahlen im Kerzenlicht.

„Ehre sei Gott in der Höhe und Frieden auf Erden den Menschen seines Wohlgefallens", singen sie.

Ihnen ist ein Mädchen gefolgt. Ihre Augen sind tränenverquollen und ihre Haare schneenass. Als Herr Schumann sich zu ihr umdreht, blickt er mitten hinein in das Gesicht seiner Tochter.

V.

In der Gegend dort hielten sich Hirten auf. Sie waren in der Nacht auf dem Feld und bewachten ihre Herden. Ein Engel Gottes kam zu ihnen und Gottes heller Glanz leuchtete rings um sie und sie fürchteten sich sehr. Aber der Engel sagte: Fürchtet euch nicht, ich bringe euch gute Nachricht, denn euch ist heute der Retter geboren. …Als der Engel in den Himmel zurückgekehrt war, sagten die Hirten zueinander: Kommt, wir gehen und sehen uns an, was Gott uns bekanntgemacht hat.

Die Nacht war so kalt, dass der Schnee auf den Bäumen klirrte wie berstendes Porzellan. Eisiger Wind fegte durch die Straßen. Mühsam stemmte Thomas sich dagegen. Seine Hände hatte er tief in die Taschen seiner abgewetzten Jacke geschoben. Aber sie wurden nicht warm, denn der Stoff war brüchig und dünn und durch die Löcher schnitt die Kälte. Seine Haut war schon ganz gefühllos. Kaum spürte er den warmen, weichen Gegenstand, in den seine Finger sich gruben.

Nur dieses eine Jahr, dachte er bitter, ich tu's nicht wieder, nur dieses eine mal für Ruth und das Kleine.

Das Geschenk beulte die Jackentasche aus. Jeder konnte sehen, dass er etwas mit sich trug, dass er etwas verbarg. Es war groß und er hatte es zusammenknüllen müssen, damit es in die Tasche passte. Er hätte es sich auch unter das Hemd schieben oder um den Hals schlingen können. Aber es war alles so schnell gegangen.

Plötzliches Durcheinander, angespannte Eile, Schreie

aus dem oberen Stockwerk. Niemand hatte sich um ihn gekümmert, nicht einmal die gute Frau Schlichter, die Haushälterin, die sonst immer ein bisschen für ihn sorgte, ihm heimlich Essensreste zusteckte, manchmal sogar ein ausgedientes Kleid für Ruth. Sie hatte ihm auch das Zimmer vermittelt. Aber nun spritzte sie aufgeregt die Treppe hoch. Sie sah ihn nicht einmal. Niemand bemerkte ihn.

Thomas hatte es nicht geplant. Er hatte nicht nachgedacht. Er hatte es einfach genommen.

Was wussten die auch schon, die in dem großen Haus, die mit dem riesigen, parkähnlichen Garten, den er in Ordnung hielt, damit sie sich darin erholten, sich freuten an den Blumen im Frühjahr und Sommer und der aufgeräumten Gepflegtheit im Herbst und Winter. Er selber hatte ja auch Freude, auch, wenn sich eine saubere Schneedecke über den Rasen legte, wenn sie wie auf einem Schwarzweißfoto scharf gegen die schwarzen Äste der Büsche und Bäume abstach, wenn er jetzt, im Dezember, bereits die ersten Ansätze zukünftiger Knospen entdeckte, Vorboten des Frühlings, Vorboten der Hoffnung.

Er arbeitete gern im Garten. Er genoss es, Wachsen und Werden zu beobachten, was ihn manchmal milde stimmte. Aber die schwere körperliche Arbeit gab ihm auch die Möglichkeit, seinen Groll abzureagieren, diese quälende Bitterkeit, die aufstieg, sooft er zum Haus herüberblickte.

Hinter spiegelnden Fensterscheiben und üppig fallenden Gardinen lebten die Reichen, ließen sich von Frau Schlichter Tee und Gebäck servieren, streckten die Füße auf weichen Teppichen aus, kleideten sich in teure Garderobe, hüllten sich in die Wärme gut geheizter Räume.

Ruth würde, obwohl es erst neunzehn Uhr war, im Bett liegen, das Kind an sich gedrückt, um es mit dem eigenen Körper zu wärmen. Sie würde die Heizung erst ein wenig heraufdrehen, wenn sie ihn die Wohnungstür aufschließen hörte. Ach Gott, wenigstens hatten sie jetzt diese Wohnung, eigentlich nur ein Zimmer, winzige Küche, Bad auf dem Flur, das sie sich mit zwei anderen Familien teilten. Ein Bad für zehn Leute. Und Frau Schlichter im Parterre.

Die in dem großen Haus hatten wahrscheinlich jeder ein eigenes Bad, ein Bad direkt neben dem Schlafzimmer, Bad mit Dusche und Badewanne und Waschbecken und flauschigen Handtüchern und duftenden Seifen. Er hatte es nie gesehen, aber er vermutete es. Sie hatten ihn nie hereingelassen. Außer heute natürlich, aber auch da nur bis ins Wohnzimmer.

Es war seine Aufgabe gewesen, den Weihnachtsbaum aufzustellen, eine gerade gewachsene Tanne, die er erst gestern im hinteren Teil des Parks geschlagen hatte. Ein paar der abfallenden Zweige hatte er Ruth mitgebracht. Sie hatte sie in eine rissige Teekanne gestellt und ein paar goldene Schleifen daran gebunden. Weiß der Himmel, woher sie die hatte. Thomas hatte nicht gefragt.

Natürlich wurde der Baum im Wohnzimmer der Reichen viel üppiger geschmückt. Thomas hatte die Kiste mit den glänzenden Kugeln und bunten Holzfiguren gesehen, die originellen Kerzenhalter, die Echtbienenwachskerzen, und dazwischen die in Seidenpapier gewickelten Krippenfiguren, die seltsam schlicht wirkten, unbemaltes Terrakotta. Es wirkte ärmlich, bis eben auf das Seidenpapier. Stroh, der Stall aus Holz, nichts besonderes.

Und in einer winzigen Krippe das Kind, zerbrechlich und nackt, frierend wie sein eigenes Kleines zu Hause. Nichts von „holder Knabe im lockigen Haar“, nichts von „süßem Jesuskind“. Und das in all dem Luxus, in dem die Holzfiguren aufgestellt wurden. Frau Schlichter drapierte unter der Tanne gerade ein grünes Tuch, das als moosiger Untergrund für die Krippe gelten sollte.

Thomas beobachtete sie dabei.

Zorn krampfte sein Herz zusammen, dass es schmerzte.

Nicht dran denken, dachte er, nicht anschauen, das kleine blaue Wurm, weder das in der Krippe, noch das, das Ruth vor einem Monat geboren hatte und das immer noch so winzig war, das kaum schreien konnte vor Schwäche, das wimmerte wie ein krankes Kätzchen.

Thomas schluckte die Tränen herunter. Aber die Wut stieg empor. Sie machte, dass ihm wärmer wurde. Und das Weiche in seiner Tasche wärmte auch. Es wärmte allmählich seine Hände, aber es ließ etwas in seiner Brust gefrieren. Kaum spürte er es noch.

Thomas jagte mit dem Wind durch die Straßen. Seine Schritte wurden immer schneller. Fast rannte er.

Ich laufe zu auffällig, schoss es ihm durch den Kopf, irgendjemand wird merken, dass ich etwas zu verbergen habe, dass ich davonlaufe. Sie werden mich schnappen und dann fängt alles von vorne an.

Thomas zwang sich, seine Schritte zu verlangsamen. Er zwang sich, einen Umweg zu laufen. Es würde spät werden, Ruth würde sich sorgen. Ab und zu drehte er vorsichtig den Kopf. Aber niemand folgte ihm. Die Straßen waren wie ausgestorben.

Alle sitzen im Warmen, vermutete Thomas, am Tisch, vor einem dampfenden, fetten Gänsebraten, vielleicht schon um einen geschmückten Baum, nicht nur vor einer Teekanne mit ein paar Tannenzweigen darin. Vielleicht tauschen sie Geschenke aus. Ha, dieses Jahr, dieses eine Mal habe ich auch eins. Ein Geschenk für Ruth und den Wurm.

Nur dieses eine Mal. Haben wir das nicht verdient? Steht uns nicht auch ein bißchen Freude zu? Warum immer die anderen?

Aber es gibt Dinge, die treffen nicht nur die Armen, es gibt Dinge, die treffen alle, Krankheit zum Beispiel, oder Schmerz.

Mit Genugtuung erinnerte Thomas sich an den Schrei.

Gerade zog er die Schrauben am Tannenbaumständer an. Der Baum ragte kerzengerade bis fast an die Decke. Da gellte der erste Schrei aus dem Schlafzimmer der reichen Frau. Thomas drehte die erste Schraube fest. Die Frau schrie.

Ruth hatte nicht geschrien. Sie hatte vor Anstrengung gestöhnt. Ihr Gesicht war ganz nass und weiß gewesen und die Fingernägel blau vor Anspannung. Aber geschrien hatte sie nicht. Das Kind war so klein gewesen, so schmal und zierlich, es war ganz leicht herausgerutscht.

Aber die Frau kämpfte und Thomas zog die zweite Schraube an, dann die dritte. Der reiche Mann war aufgeregt durchs Zimmer gestürzt. Er hatte Thomas kaum wahrgenommen.

Thomas hatte gehört, wie er in der Diele zum Telefon griff, in die Tasten haute, wie er in den Hörer brüllte mit sich überschlagenden Worten.

Frau Schlichter schob Berge von Geschenken beiseite, schleppte eine gepackte Reisetasche herein, wuchtete ein Babykörbchen auf den Esstisch.

„Es sieht nicht gut aus, es sieht nicht gut aus", murmelte sie.

Auch sie beachtete Thomas nicht.

Der zog die Schrauben am Tannenbaumständer noch einmal nach.

Es geht an keinem vorüber, Schmerz, Kummer, irgendwann trifft es jeden. Für Thomas kamen diese Gedanken wie ein Triumph. Und plötzlich hatte er sich sehr stark gefühlt und überlegen und so, als könne sich ihm niemand in den Weg stellen. Niemals ... Er würde alles erreichen, was er wollte, hatte er es nicht auch bis hierher geschafft?

Er hatte es von der Straße zumindest bis in ein Zimmerchen geschafft. Er hatte diesen Job bekommen. Den verdankte er der Freundlichkeit der Reichen und das Zimmer der Umsicht von Frau Schlichter, trotzdem ... Vor einem Jahr drückte er sich noch in leerstehenden Gartenlauben herum. Und dann war Ruth schwanger geworden. Und er war so hilflos gewesen und Ruth so mutig und wären da nicht Menschen gewesen, hilfreiche Menschen ... sicher, auch reiche Menschen ...

Aber so wollte Thomas nicht denken. Er wollte denken, dass er es schaffte, er allein. Und er würde alles bekommen, was er wollte, für sich und Ruth und den kleinen Wurm. Warum sollte der Wurm frieren? Warum sollte es ihm schlecht gehen?

Nun würden vielleicht einmal die Reichen ..., die reiche Frau ...

Thomas kostete den Triumph aus wie süßen Essig. Und dann sah er das Körbchen, dieses Babykörbchen mit spitzeumhäkelten Kisschen und mit einem wolligen Schaffell über der kleinen Matratze und einem winzigen Teddy aus Frottee und dann diese Decke, luftig und leicht gestrickt, aber warm und flauschig und weich, unendlich weich.

Und Thomas strich mit seinen aufgesprungenen Händen, an denen das Tannenharz klebte, darüber und hinterließ auf den feinen Maschen einen graubraunen hässlichen Fleck. Und draußen hörte er geschäftig die Haushälterin rumoren und der Mann hastete nervös die Treppe nach oben und von der Auffahrt dröhnte das Tatütata der Ambulanz und jemand öffnete die Haustür und eisiger Dezemberwind stob herein bis ins Wohnzimmer.

Niemand sah, wie sich Thomas' Finger im wollenen Gewebe verkrallten, niemand bemerkte, wie er die kleine Decke zusammenknüllte, seine Faust darum schloss und die zusammengeballte Hand in seine Jackentasche grub.

Nur einmal, nur dieses eine Mal, murmelte er, drehte sich weg, stolperte über den kostbaren Wohnzimmerteppich, stieß gegen einen Geschenkeberg und etwas Tönernes in Seidenpapier. Die Krippe. Scheppernd kollerte sie auseinander, Maria, Josef, ein nacktes Baby auf Stroh. Traurig blickte das Kind Thomas an. Der warf sich gegen die Tür, als wäre er eingeschlossen und rannte ins Freie, rannte, rannte über die saubere Schneedecke.

Die Werkzeuge, schoss es ihm durch den Kopf, die Laube, er musste alles ordentlich hinterlassen. Nervös sammelte er Tannenzweige und Gartengeräte zusammen. Es schien ihm, als brauchte er Stunden.

In seinem Rücken lag das hell erleuchtete Haus, aber er wusste, dass niemand darin war. Vielleicht noch Frau Schlichter. Aber wahrscheinlich war auch sie längst nach Hause gegangen.

Die Reichen waren mit dem Krankenwagen fort gefahren. Sie hatten sie abgeholt zum Kämpfen wahrscheinlich, vielleicht ... dachte Thomas ... vielleicht ist das das Ende. Die Decke in seiner Tasche brannte wie Feuer. Aber sie wärmte seine klammen Hände nicht.

Ruth saß in ihrem besten Kleid am Küchentisch. Eine Kerze brannte. Die Zweige in der Teekanne dufteten. Aus einem alten Kofferradio schepperte Weihnachtsmusik: „Kommet ihr Hirten ...“, Orgelmusik, ein Moderator mit süßlicher Stimme: „... und der Engel erschien den Hirten, den Armen und Verachteten, denen, die außerhalb leben, denen, die nicht dazugehören.“

Das Kind schlief friedlich in einem brüchigen Wäschekorb.

Ruth lächelte und Thomas legte seinen Arm um ihre Schulter.

„Frau Schlichter war hier“, flüsterte Ruth, „... hat dies mitgebracht von deiner Herrschaft ... Die Frau und ihr Kleines ... sie wünschen uns fröhliche Weihnachten ...“ Freude lag über ihren Worten.

Hilflos stand Thomas dabei. Er hatte nicht einmal seine Jacke ausgezogen, obwohl heute die Stube warm war. Er schwitzte.

In Ruths Schoß entdeckte er eine Schachtel. Halb hatte sie den Deckel zurückgezogen. Seidenpapier quoll heraus. Behutsam zog Thomas es auseinander.

Es war die Krippe.

Thomas wickelte die Figuren aus. Er stellte den Stall neben die Teekanne mit den Tannenzweigen, davor Maria und Josef, drei Könige und zwei Hirten. In der Mitte lag das Kind.

Wortlos schob Thomas sein Päckchen vor die Krippe, eine weiche Babydecke mit einem braungrauen Harzfleck am Saum.

VI.

„Steh auf, nimm das Kindlein und seine Mutter mit dir und flieh nach Ägypten und bleib dort, bis ich dir's sage, denn Herodes hat vor, das Kind umzubringen." Da stand er auf, nahm das Kind und seine Mutter mit sich bei Nacht und entwich nach Ägypten.

Als die kleine Familie einzog, spähten vier Augenpaare durch die Spione in den Wohnungstüren. Vier Parteien wohnten in dem Haus: im zweiten Stock rechts das Ehepaar Wißmut, unter ihnen eine Familie mit ihren zwei frechen Gören und gegenüber die Witwe. Seit über 30 Jahren wohnte sie dort, länger als sonst ein Mieter im Haus. Sie lebte allein, solange die anderen Hausbewohner denken konnten. Niemand kannte ihren Namen. Wenn man von ihr sprach, nannte man sie nur „Die Witwe". Die beiden Wohnungen im Parterre schließlich hatte der junge Abel Haase für sich beansprucht. Wozu er zwei Wohnungen benötigte, wusste niemand. Und es gab auch kaum Gelegenheiten, ihn danach zu fragen, denn Abel Haase zeigte sich nur selten und sprach fast nie. Dafür hörten ihn die anderen Hausbewohner umso mehr, denn Abel hatte die schlechte Angewohnheit, seine Stereoanlage so laut aufzudrehen, bis es im ganzen Haus bis unter das Dach dröhnte. Vielleicht waren die Leute, die in der Wohnung im zweiten Stock links gewohnt hatten, deshalb ausgezogen. Geschimpft hatten sie genug. Aber jetzt stand die Wohnung leer, schon ein paar Wochen lang. Der Herbst war vergangen, bis sich neue Interessenten gefunden hatten. Es war Winter geworden, Dezember, als sie schließlich einzogen. Aber wie merkwürdig: kein Umzugswagen rollte vor das Haus, keine Packer wuchteten Möbel durchs schmale Treppenhaus. Es gab nicht einmal Umzugskartons voller Geschirr, Wäsche, Bücher. Wer waren die Fremden ohne Gepäck und warum lächelten sie so, als stünden alle Hausbewohner zu einem freundlichen Willkommen im Hausflur? Freundlich nickte die Familie gegen die geschlossenen Haustüren, während sie Stockwerk für Stockwerk die Treppen bis zu ihrer Wohnung emporstiegen. Der Mann öffnete die Tür, trat ein und machte Platz für seine Frau. Das Kind sprang hinter ihnen her. Aber es schloss die Tür nicht.

Frau Wißmut, die mit ihrem Mann genau den neuen Mietern gegenüber wohnte, blickte durch ihr kleines Guckloch hinein in einen sonnendurchfluteten Flur. An den Wänden klebten blumenbedruckte Tapeten, vollgetupft wie eine Sommerwiese. Während sie sie länger betrachtete, hoben sich einige Blüten hervor wie auf den dreidimensionalen Bildern, die man nur dann richtig deuten kann, wenn man die Augen auf einen neuen, ungewohnten Blickwinkel einstellt. Frau Wißmut hatte es nie geschafft, solche Bilder dreidimensional zu erkennen. Aber auf der Tapete im Flur ihrer neuen Nachbarn schienen sich die Blumen nicht nur hervorzuheben, sondern sie bewegten sich, als wehte ein sanfter Wind über sie hinweg. Ihre bunten Köpfchen neigten sich vornehm zur Seite und die Blätter schaukelten im Takt einer unhörbaren Melodie.

Verwirrt wandte sich Frau Wißmut vom Spion ab. Hinter ihr wartete schon ihr Mann. Ärgerlich schob er sie zur Seite. Die Sache mit der schwankenden Blumentapete war natürlich Blödsinn. Die Fantastereien seiner Frau machten ihn immer noch wütend, und auch, dass er so lange hatte warten müssen, bis er endlich einen Blick durch den Spion werfen konnte. Schon spürte er, wie sein Blutdruck stieg, wie er kaum die bissigen Worte herunterschlucken konnte, die ihm im Halse hochstiegen.

Dass er nicht einfach losplatzte, verdankte seine Frau der Hellhörigkeit des Hauses – die Fremden hätten ihn durch die dünnen Wände ohne weiteres hören können. Außerdem verstummte Herr Wißmut vor der seltsam fremden Verwirrung seiner Frau und schließlich vor der Freiwilligkeit, mit der sie, ganz ohne die üblichen Kämpfe, ihren Platz für ihn räumte.

Natürlich gab es in der Nachbarwohnung keine schaukelnden, dreidimensionalen Blumenwiesen, keinen Sommerwind und keinen Sonnenschein. Die dritte Dezemberwoche war angebrochen und der Tag war trübe und verhangen, wie es sich für einen Tag im Advent gehörte. Trotzdem musste Herr Wißmut zugeben, dass im Flur der neuen Mieter tatsächlich ein eigenartig milchiges Licht flimmerte, das, je länger er hinblickte, wie Gaze über den Boden glitt, an den Wänden emporstieg und schließlich den ganzen Raum erfüllte. Herr Wißmut konnte keine Lampe erkennen, die dieses Licht erzeugte.

Wahrscheinlich indirekt, dachte er, ausgehend von einem der angrenzenden Räume. Alle Türen der Nachbarwohnung standen so weit offen wie die staunenden Augen eines Kindes.

Herr Wißmut teilte seine Beobachtung nicht mit seiner Frau. Das tat er schon längst nicht mehr. Missmutig wandte auch er sich vom Spion ab.

„Die Neuen wird man beobachten müssen“, bemerkte er und schob sich an seiner Frau vorbei ins Wohnzimmer, wo der Fernseher lief.

Auch die Witwe hatte hinter den Fremden hergeschaut. Lange nachdem sie auf der Treppe nach oben verschwunden waren, klebte sie noch hinter ihrer Wohnungstür, ein Auge zugekniffen, das andere starr und weit geöffnet auf den Spion geheftet.

Schade, dass der Mann so wilde lange Haare trug und die Frau so einen auffallend bunten Mantel. Und dann das Tuch, das sie sich um Kopf und Schulter geschlungen hatte, so wie es die Türkinnen und andere Ausländerfrauen machten, die seit neustem diesen Stadtteil überfluteten. Und erst das Kind ... hatte ihm nicht ein merkwürdiger Geruch angehaftet, ein Geruch nach Staub und Stroh und Tier? Schade, dachte die Witwe bekümmert, sie hätten wirklich eine nette junge Familie sein können. Denn hatte die Frau nicht sogar zu ihr herübergelächelt, so als hätte sie gewusst, wie dicht sie voreinander standen, nur getrennt durch diese Tür mit einem Guckloch darin, oder hatte die alte Frau sich das nur eingebildet? Nein, sie war sich ganz sicher. Selbst das Kind hatte sie angeschaut und gelächelt. Richtig gestrahlt hatten seine Augen und seine Lippen hatten sich geformt, als hätte es etwas gesagt. Doch die Worte waren nicht zu ihr gedrungen. Das Einzige, was blieb, war eine eigenartig angefüllte Atmosphäre, die das Treppenhaus durchzog wie der Duft von frisch abgeernteten Feldern und den molligen Dünsten ausgemisteter Ställe. Plötzlich wirkte das Treppenhaus wohlig, weckte Erinnerungen an Kartoffelfeuer und Kindergeburtstage, an Abendspaziergänge und an die warme Hand des vor Jahren verstorbenen Ehemannes. Selbstvergessen lehnte die Witwe an der Innenseite ihrer Tür.

Gerade wollte sie sich vom Spion lösen, da sah sie, wie sich die Wohnungstür gegenüber öffnete. Erst lugte ein sommersprossiges Jungengesicht durch den Spalt. Dann drückte ein größeres Mädchen den Kleinen unsanft zur Seite.

„Verschwinde, du Stöpsel", schnauzte das Mädchen, aber der Kleine grinste und streckte der Schwester die Zunge heraus. Klatsch, fuhr von hinten eine Hand heraus und sauste dem Jungen auf den Mund. Stöhnend, die Schultern müde nach vorne gezogen, rot im Gesicht und mit feuchten Flecken unter den Achseln ihres Polyacryl-Pullovers schob die Frau ihre Kinder in den dämmrigen Wohnungsflur zurück und wuchtete einen übergroßen Mülleimer ins Treppenhaus.

Als die Witwe sah, dass ihre Nachbarin hinunter zu den Mülltonnen hinter den Garagen wollte, holte sie so schnell sie konnte ihren kaum gefüllten Papierkorb. Aber als sie ins Treppenhaus trat, war die Nachbarin schon längst unten.

So erging es der Witwe beinahe jedes Mal. Und wenn die andere wieder heraufkam, traute sie sich nicht herauszutreten. Es hätte zu beabsichtigt gewirkt.

Hieß die Nachbarin nicht Schmidt? Oder Schulz?

Die alte Frau wusste es nicht, nur, dass es nicht Müller oder Meier gewesen war, daran konnte sie sich genau erinnern, und daran, dass es ein Allerweltsname mit Sch... gewesen war. Sie hatte sich lange nicht mehr die Mühe gemacht, auf dem Klingelschild nachzuschauen. Und wozu auch? Es gab immer seltener Gelegenheiten, ein paar Worte miteinander zu wechseln, sich beim Namen zu nennen. Es war zu lange her, dass sie es geschafft hatte, ihre Nachbarin auf dem Weg zum Müllplatz abzupassen.

Aus dem Erdgeschoss dröhnte Musik herauf.

Als Frau Schneider mit ihrem Mülleimer an der untersten Wohnung vorüberkam, versuchte sie, sich mit der freien Hand ein Ohr zuzuhalten. Aussichtslos. Aus dem Mülleimer kollerte Papier und Kartoffelschalen. Frau Schneider bückte sich mühsam und klaubte sie vom Boden. Sie musste sich beeilen. Oben hörte sie schon die Tür der Witwe klappen. Hastig verließ sie das Haus. Auf dem Weg zu den Garagen trieb ihr der Wind die ersten Schneeflocken ins Gesicht. Die Kinder würden sich freuen. Wie sehr hatten sie sich weiße Weihnachten gewünscht. Aber Frau Schneider war der Schnee lästig. Sie wollte nur möglichst bald ihren Müll loswerden und dann zurück ins Warme kommen. Schon kroch eisige Feuchtigkeit durch die Maschen ihres Pullovers. Doch es lag nicht an der Kälte, dass sie, noch bevor sie den Mülleimerdeckel gelüftet hatte, plötzlich erstarrte.

Die Musik aus dem Parterre wummerte bis hinaus hinter die Garagen.

Abel Haase hatte seine Stereoanlage so laut aufgedreht, dass es in seinem Bauch vibrierte und in seinen Ohren klingelte. Manchmal brauchte er dieses Abheben, dieses superlative Körpergefühl – wie er es nannte –, um zu fühlen, dass er lebte, dass er existierte, dass er nicht nur ein Gedanke war oder eine lästige Verpflichtung, die sich sein Vater mit großzügigen Schecks vom Halse schaffte. Jeden Monat flatterte ihm so ein Scheck ins Haus. Und jeden Monat fühlte Abel Haase sich lebloser. Doch immerhin ermöglichten ihm die Zuwendungen seines Vaters, sich in zwei Wohnungen zu verkriechen. Warum sollte er sich da noch beim Arbeitsamt in die aussichtslosen Endlosschlangen einreihen? Es hatte ja doch keinen Sinn. Und was blieb ihm schon, grübelte er, während er sich gegen die eigene Wohnungstür lehnte, als sich zumindest vorübergehend zu verkriechen? Nur ein winziges Guckloch verband ihn mit der Außenwelt. Manchmal gefiel ihm, was er draußen beobachtete und dann fühlte er sich abgeschnittener als zuvor, z.B. wie die Schneider wie unbeabsichtigt ihren Kindern über die Wangen strich, wie der Wißmut seiner Frau nachblickte, wenn er hinter ihr die Treppe heraufstieg, ein bisschen wehmütig, ein bisschen sehnsüchtig, ein bisschen übrig gebliebene erste Begeisterung, oder wie die Augen der Witwe hoffnungsvoll aufblitzten, wenn sie mit ihrem Mülleimer die Schneider einholte.

Dann heute die Fremden ... Abel war sich nicht sicher, ob ihm auch dieser Anblick gefiel. Irgendetwas stimmte mit den neuen Mietern nicht, nicht, dass sie ohne Gepäck gekommen waren, nicht, dass Abel Möbelpacker und Umzugsunruhe vermisste ... Vielleicht lag es daran, dass sie Ausländer waren? Nicht, dass Abel Vorurteile gehabt hätte. Aber die Frage, wo die Fremden herkamen und was sie hier wollten, war doch wohl berechtigt. Suchten die etwa Arbeit? Die war auch hier knapp. Hatte ihnen das keiner gesagt, bevor sie ihr Land verließen? Oder gab es einen anderen Grund? Vielleicht waren sie ja geflüchtet. Vielleicht hatten sie unter einem grausamen Diktator gelebt, der ihnen ans Leben wollte. Aber weshalb? Der Mann wirkte friedlich und die Frau sanft. Wem hätten die beiden schon gefährlich werden können? Oder war das Kind der Grund? Ha! Abel lachte höhnisch in den Lärm seiner Musik. Ein Kind, ein Winzling nur. Trotzdem, irgendetwas stimmt nicht mit ihm. Denn als es zu Abels Wohnungstür herübergeblickt hatte, war es ihm erschienen, als hätte es ihn bemerkt, durch die geschlossene Tür hindurch, so, als ginge sein Blick durch Wände. Abel hatte sich wie ertappt abgewandt und irritiert seine Stereoanlage noch lauter, noch durchdringender aufgedreht, bis er endlich seinen Herzschlag spürte.

•

Die Hausbewohner wollten sich nicht an die neuen Mieter gewöhnen. Es war zu merkwürdig, dass immer noch keine Möbel eingetroffen waren, dass die Wohnungstür gegenüber von Wißmuts den Tag über, die Nacht lang und sogar jetzt noch offen stand, dass der Mann heute Morgen plötzlich das Haus verlassen hatte, dass dieses Kind stundenlang ohne ersichtlichen Grund durchs Treppenhaus hüpfte, so, als warte es auf etwas, ungeduldig und voller Spannung. Dabei lächelte es freundlich und wortlos gegen die geschlossenen Wohnungstüren, als könne es tatsächlich durch sie hindurchsehen.

Als Herr Schneider am späten Nachmittag von der Arbeit kam, rannte er den Kleinen beinahe um. Was schaute der Bengel auch durch Wohnungstüren anstatt vor seine eigene Nase.

„Hau ab“, brummte Herr Schneider und der kleine Schneider, der dem Vater die Tür geöffnet hatte, drehte sich beleidigt weg, wobei er seine Schwester, die naseweiß hinter ihm hergelaufen war, unsanft in die Rippen stieß. Sofort schoss sie auf ihren Bruder los. Doch bevor die beiden sich in ihren erbitterten Krieg stürzen konnten, schnappte Herr Schneider seinen Sohn bei den Schultern und schüttelte ihn.

„Dich hab ich doch nicht gemeint“, knurrte er, „das fängt ja fein an mit einem dritten Kind im Haus.“

„Hoffentlich kommt der nicht in meine Schule“, maulte der Junge.

„Der ist doch noch viel zu klein“, seufzte Frau Schneider, die nun auch in den Flur getreten war. Der Kleine hopste an ihr vorbei die Treppe hoch, als sei nichts geschehen.

„Vielleicht ist er ja krank“, vermutete die Witwe, die, sobald Stimmen im Treppenhaus laut geworden waren, zur Tür geeilt war, den Arm voller Tannenzweige.

„Ach, Unsinn“, schnappte Herr Schneider. Er war müde und hungrig und wollte endlich die Beine hoch legen. Aber da schaltete sich Herr Wißmut ins Gespräch.

„Ich hab es gleich geahnt, von denen haben wir noch was zu erwarten.“

Er lehnte sich über das Geländer und starrte vom oberen Treppenabsatz auf die Mieteransammlung herunter. Solange er sich zurückerinnern konnte, hatte es keine Treffen im Treppenhaus gegeben. Alle waren da. Nur Abel Haase fehlte, was keinen verwunderte. Selbst

Frau Wißmut tauchte jetzt hinter ihrem Mann auf. Ihr Blick wanderte von einem zum anderen und blieb schließlich missbilligend an der Witwe hängen. Die hatte begonnen, ihre Tannenzweige an Nylonfäden in die Treppenhausfenster zu hängen. In jeden Ast knüpfte sie eine rote Schleife.

„Wegen Advent“, murmelte sie.

„Und wer macht den Dreck weg, wenn die anfangen zu rieseln?“, fauchte Frau Wißmut.

„Ja, wir müssen aufpassen. Hier wird es jetzt sowieso bald viel dreckiger werden“, stimmte Frau Schneider zu, „oder haben Sie es nicht auch gerochen? Seit gestern riecht es komisch in unserem Haus.“

„Ausländer“, warf Wißmut dazwischen.

Herr Schneider gähnte. Aber seine Frau nahm eifrig wieder den Faden auf. Jetzt endlich bot sich die Gelegenheit, allen zu erzählen, was sie gestern entdeckt hatte.

„Es riecht“, stöhnte sie, „und ich weiß auch weshalb. Die Garagen ... es kommt von den Garagen, von der dritten links, nicht Ihre, Herr Wißmut, sondern die daneben, die von den Neuen.“ Frau Schneider blickte triumphierend in die Runde. „Ich habe es entdeckt, als ich den Müll runterbrachte. Es war ja nicht schwer, durch die Lüftungsschlitze zu schauen. Und dann habe ich es gesehen, das Vieh.“

Erschrocken ließ die Witwe ihre Tannenzweige und Schleifen sinken.

„Welches Vieh?“, wisperte sie ängstlich.

„Einen echten, lebendigen, stinkenden, grauen Esel.“

„Prima“, jubelten die Schneiderkinder. Aber die Erwachsenen blickten sich betroffen an. Ein Esel, das war ja unerhört! Zu einem Esel fiel so schnell keinem ein passender Kommentar ein. Schließlich brach die Witwe das Schweigen:

„Und was nun?"

„Wir werden nachschauen", schlug Herr Wißmut vor.

Herr Schneider seufzte wieder. Aber dann war er der Erste, der die Treppe herunterstieg.

Abel Haase stellte seine Musik leiser, um ins Treppenhaus zu lauschen. Etwas Ungewöhnliches passierte dort draußen, denn noch nie zuvor hatten soviele Schritte gleichzeitig auf den Stufen getappt. Vorsichtig öffnete er seine Tür. Plötzlich stand er zwischen ihnen, zwischen den Wißmuts, den Schneiders und der Witwe. Und plötzlich hopste auch noch der Kleine von oben herunter. So, als gehöre er dazu, mischte er sich zwischen sie. Die Schneiderkinder entdeckten ihn zuerst. Sofort streckten sie ihm die Zunge heraus. Aber das Kind lächelte trotzdem.

„Guten Tag, Michaela", sagte es zu Schneiders Tochter, die eigentlich ein Junge hatte werden sollen und die deshalb von ihren Eltern Micha genannt wurde.

Woher wusste er ihren Namen? Erschrocken biss sich das Mädchen auf die Zunge. Dann drehte sich das Kind zu Abel um, lachte und streckte seine kleinen Kinderhände gegen Abels sperrangelweite Wohnungstür. Von drinnen tönte Musik.

„DJ Bobo", sagte das Kind.

„Kleine Rotznase, woher willst du das wissen ...", schrie Abel. Wut kochte in ihm und sie brach aus ihm heraus, wie schon lange nicht mehr und erstaunt stellte er fest, wie wohl ihm das tat.

„Wo kommt ihr überhaupt her und was wollt ihr bei uns“, tobte er. „Schmarotzer ihr, du und deine Eltern. Wo treibt dein Vater sich überhaupt rum?“

„Ja, das würde ich auch gern wissen“, nickte Herr Wißmut.

„Und der Esel?“, fragte Frau Schneider, „was ist mit dem?“

Plötzlich schien ihre Neuigkeit niemanden mehr zu interessieren. Doch das Kind wandte sich sofort zu ihr um.

„Vater versucht, ihn zu verkaufen“, erklärte es.

„Ja, sicher braucht er das Geld für Möbel, wo ihr doch keine habt“, meldete sich die Witwe zu Wort.

Aber Abel brüllte: „Ach was, die kriegen es doch vom Staat hinten und vorne ...“

„Sieh an, der Haase“, sagte Herr Schneider und alle hörten deutlich, wie er sich das Lachen verkniff.

„Sieh an, der Schneider“, äffte Abel Haase. Er hatte sich lange nicht mehr so wohl gefühlt. Der Kleine blickte erstaunt zu ihm hoch.

„Nein, Vater will mir von dem Geld ein Geschenk kaufen“, erklärte er.

„Ein Weihnachtsgeschenk“, quiekte Michaela.

„Der Knirps weiß doch nicht mal, was Weihnachten ist“, wetterte Abel weiter.

„Doch“, widersprach das Kind, „Weihnachten ist mein Geburtstag.“

Dabei strahlte es einen nach dem anderen an. Und da war sie wieder, diese flimmernde Wärme und das milchige Licht. Frau Wißmut sah es als Erste, vielleicht, weil sie schon gestern dieses merkwürdige Leuchten beobachtet hatte. Ihr Mann hatte ihr ja nicht glauben wollen. Aber auch die Witwe musste es bemerkt haben, denn nun beugte sie sich zu dem Kind herunter. Ihre Knie zitterten und die Tannenzweige rutschten ihr aus dem Arm. Frau Wißmut trat rasch an die alte Frau heran. Aber merkwürdigerweise tat sie das nicht, um die Tannenzweige aufzuheben, bevor jemand auf ihnen herumtrampeln würde. Merkwürdigerweise waren ihr die Zweige, und auch, dass sie Nadeln verlieren würden, egal. Irgendwie musste sich plötzlich ihr Blickwinkel verändert haben. Denn jetzt trat sie an die Witwe heran, um ihr zu helfen, falls sie das Gleichgewicht verlieren sollte. Aber die Witwe kniete schon vor dem Kind.

„Dann bist du ja das Christkind", lächelte sie.

Auch Frau Wißmut lächelte. Sonderbar, dachte sie, wie die Witwe und das Kind beieinander hockten, hob sich plötzlich aus der Szene ein verborgenes, längst vergessen geglaubtes Bild heraus, das Bild von einem Stall, einer Krippe und einem Kind. Und das mitten in ihrem Haus.

VII.

Herodes wurde sehr zornig. Er schickte aus und ließ alle Kinder in Bethlehem töten und in der ganzen Gegend, die zweijährig und darunter waren ...

Da erschien der Engel dem Josef im Traum in Ägypten und sprach: Steh auf, nimm das Kind und seine Mutter und zieh zurück in das Land Israel, sie sind gestorben, die dem Kinde nach dem Leben standen.

Er war alt, aber nicht senil, oh nein, so weit war er noch lange nicht. Auch wenn das alle zu glauben schienen. Jedenfalls seit es Christiane nicht mehr gab. Seit seine Frau Christiane nicht mehr lebte, behandelten sie ihn so, als wäre auch er schon halb tot. Oder zumindest nicht mehr ganz ernst zu nehmen. Angefangen hatte es damit, dass sie ihn nicht mehr allein in seinem eigenen Haus wohnen lassen wollten. Die ersten Monate nach Christianes Tod hatten sie ihn in Ruhe gelassen. Seine Älteste, Doris, war gelegentlich gekommen, um seine Hemden zu bügeln, die Böden zu wischen und sein Bett frisch zu beziehen. Als ob er das nicht auch alleine gekonnt hätte. Er hatte immer alles alleine hinbekommen. Er, Hermann Rode, ehemals leitender Angestellter einer renommierten Firma, seit einigen Jahren natürlich im wohlverdienten Ruhestand, also er hatte kaum jemals in seinem Leben Hilfe annehmen müssen, schon gar nicht von seinen eigenen Kindern.

„Aber du hast dir doch noch nie selber deine Hemden gebügelt“, hatte Doris ihn erinnert.

„Dann wird es wohl langsam Zeit", hatte er geantwortet. Am liebsten hätte er sie angeschrieen, dass sie das überhaupt nichts anginge. Aber dann hatte er an seinen ersten Bügelversuch gedacht, an den verbrannten Kragen und die Löcher in den Manschetten seines Lieblingshemdes und daran, dass er nichts mehr hatte retten können, sondern das Hemd mitsamt Brandlöchern zusammengeknüllt zu unterst in die Mülltonnen gestopft hatte. Da hatte er lieber geschwiegen. Seither war Doris gekommen. Obwohl es ihr allmählich zu viel zu werden schien. Auch darüber ärgerte er sich. Meine Güte, was hatte er nicht alles für die Kinder getan. Damals, als Doris unbedingt ihren Günther heiraten wollte, obwohl sie beide noch mitten in der Ausbildung steckten. Er war es, der ihnen die Wohnung beschafft und für die Miete gesorgt hatte. Und dann als die Kinder kamen ... der kleine Torsten, der ihm jetzt beinahe auf seinen kahlen Kopf herunter spucken konnte, der Lümmel, so war er in den letzten Jahren in die Höhe geschossen, und seine Schwester Tanja erst mit ihren exzentrischen Wünschen. Er jedenfalls fand es nicht richtig, dass ein Mädchen Eishockey spielt. Denn natürlich brach sie sich alle Nase lang irgendeinen Knochen, genauso wie er es von Anfang an vorausgesagt hatte. Aber auf Hermann Rode hörte ja niemand mehr. Trotzdem hatte er Tanjas gesamte Ausrüstung finanziert. Zu Weihnachten hatte er sie ihr geschenkt. Da lebte Christiane noch und die Kinder feierten alle bei ihnen. Wie hatte Tanja gestrahlt, als sie das Trikot, die Schuhe, den funkelnagelneuen Schläger auspackte. Sogar an einen Puck hatte Opa gedacht. Opa dachte eben an alles.

Aber jetzt, jetzt taten sie so, als ob er nicht mal mehr bis drei zählen könne.

„Aber nein, Papa“, hatte Doris ihn zu beschwichtigen versucht, „es ist nur so, dass mir der Weg allmählich zu lang wird. Immerhin muss ich jedes Mal fast 200 Kilometer fahren. Seit wir Günthers Stellung wegen nach Hamburg gezogen sind ... Naja, es ist eben immer ein großer Aufwand. Am besten wäre es, du würdest in unsere Nähe ziehen, oder ein bisschen näher zu Thomas und Ester. Günther und ich haben mit ihnen gesprochen. Sie würden gerne ...“

„Unsinn“, hatte er sie unterbrochen.

Sein Sohn Thomas war Pfarrer in irgend so einem Kaff bei München. Ein Evangelischer zwischen lauter Katholiken. Er hatte ihm gleich gesagt, dass das nicht gut gehen würde. Aber Thomas musste ja schon immer seinen Dickkopf durchsetzen. Und Ester erst. Seit Thomas die hatte, hörte er überhaupt nicht mehr auf den Vater. Die beiden hatten sich während ihres Theologiestudiums kennen gelernt. Und nun teilten sie sich die Pfarrstelle. Hatte man so etwas schon mal gehört, dass die Frau, und dann auch noch die eigene Ehefrau ... also seine Christiane, die hätte niemals ... Es war nicht so, dass er Ester nicht mochte. Sie war ein zierliches Persönchen, blond und blass und schmal wie eine Tanne. Auf den ersten Blick hatte das seine Beschützerinstinkte geweckt und es hatte ihn gedrängt, sie in die Arme zu nehmen, was sie sich auch gerne gefallen ließ. Von Anfang an hatte sie ohne Scheu Papa zu ihm gesagt. Aber da war auch etwas Distanziertes an ihr, etwas, an das er nicht heranreichte, was sich nicht beherrschen ließ. Und seit Thomas mit ihr verheiratet war, war dieses Unangreifbare auch auf ihn übergesprungen. Er beugte sich längst nicht mehr so wie früher. Bei Doris klappte das noch. Und manchmal sogar bei Günther. Manchmal zitterten sie noch vor ihm. Nicht direkt. Er achtete darauf, dass sie niemals ihr Gesicht verloren. Besonders bei Günther ging er vorsichtig vor, denn erstens war er nicht sein leibliches Kind, sondern nur angeheiratet, und zweitens darf ein Mann niemals sein Gesicht verlieren, nicht einmal vor dem eigenen Schwiegervater. Aber ein bisschen schlechtes Gewissen sollte er ruhig behalten, sich ein bisschen ihm verpflichtet und in seiner Schuld fühlen. So etwas schadete nie. Hermann Rode würde schon dafür sorgen, dass es so blieb. Immerhin hatte er genug Geld und auch genug Leiden. Sein Herz zum Beispiel. Es ist nicht leicht, mit einem kranken Herzen zu leben. Aber es ist hilfreich, um Schuldgefühle lebendig zu erhalten. Denn einen Herzkranken darf man nicht aufregen. Also darf man sich ihm auch nicht widersetzen. So einfach ist das. Und wenn man sich obendrein noch ein paar kleine Gebrechlichkeiten zulegt ... Nun, das ist wohl das Privileg der Alten, oder etwa nicht? Zu irgendetwas muss es ja gut sein, das Alter.

Aber was hatten sie daraus gemacht! Sie hatten ihm Ester auf den Hals gehetzt.

Er hatte gar nichts dagegen tun können. Es war das zweite Mal, dass er wirklich machtlos gewesen war. Dabei hatten sie nicht einmal über seinen Kopf hinweg entschieden. Es hatte sich alles naht- und problemlos ineinander gefügt. Thomas war versetzt worden. Und zwar ausgerechnet zurück in seine Heimat.

„Eine echte Gebetserhörung“, hatte er dem Vater geschrieben.

Unsinn. Thomas war zwar Theologe. Aber er konnte doch nicht im Ernst glauben, dass Gott auf irgendetwas hörte, was Menschen ihm vorstammelten. Und selbst, wenn er es tat ... sollte es ihm tatsächlich möglich sein, sich um jedes Menschenkind einzeln zu kümmern?

„Warum nicht? Wenn er doch mein Vater ist“, hatte Ester widersprochen.

Als ob ein Vater alle Wünsche seiner Kinder erfüllen würde. Denn Kinder wünschen sich oft genug dummes Zeug. Und selbst wenn die Wünsche sinnvoll sind: auch Väter stoßen gelegentlich an ihre Grenzen. Sogar ihm war das passiert. Zum Beispiel, als Christiane starb. Da hatte er weder den Kindern die Mutter, noch den Enkeln die Oma erhalten können. Selbst er hatte wie alle anderen den Verlust hinnehmen müssen. Nicht einmal Esters ferner Gott hatte eingegriffen. Da konnte sie noch so überzeugend davon reden, dass diesem Gott alles möglich sei, denn schließlich sei er König und ein König hätte nun mal die Macht. Also wirklich ... Über ihn hatte er jedenfalls keine Macht. Keiner würde je Macht über Hermann Rode besitzen. So weit würde er es niemals kommen lassen. Oder welchen Sinn sollte es sonst haben, seine Wunden und Verletzlichkeiten zu verstecken? Selbst als Christiane starb, hatte er keinem gezeigt, wie schmerzlich dieser Verlust ihn traf. Denn auch Trauer ist Schwäche. Merkwürdigerweise war es ausgerechnet Ester gewesen, die ihm darüber hinweggeholfen hatte, denn Ester hatte ihr erstes Baby bekommen. Sein drittes Enkelkind, einen Jungen. Christian hatten sie ihn genannt, wegen der verstorbenen

Oma. Das hatte Hermann wirklich nett gefunden. Und der Kleine sah seiner Christiane sogar ein bisschen ähnlich. Er hatte die selben wasserblauen Augen, die ihm vertrauensvoll entgegenblickten, und das gleiche sanfte Lächeln, das ihn sofort eingenommen hatte.

„Alle Neugeborenen haben blaue Augen“, meinte Thomas dazu. Ach, was haben Väter schon für eine Ahnung, dachte Hermann. Aber gesagt hatte er diesmal nichts. Im Gegenteil. Als Thomas ihn fragte, was er davon hielte, wenn sie zu ihm zögen, sie alle drei, er, Ester und das Baby, da war er sofort einverstanden gewesen. Denn nun konnte er sich, so oft er wollte, in den Augen des Kleinen verlieren. Ester hatte ihn oft ertappt, wie er Christian im Schlaf beobachtete oder wie er ihn, kaum klappte der Kleine seine flatternden Lider auf, aus seinem Bettchen hob und in seinen Armen wiegte. Aber sie hatte nie etwas gesagt, sie hatte ihn immer gewähren lassen. Schließlich war er, der Opa, es auch gewesen, der Christian die ersten, wackeligen Schritte an der Hand geführt und ihn die ersten Worte gelehrt hatte, der mit ihm, Herzfehler hin und Zipperlein her, auf dem Teppich herumtobte und ihn auf seinen Schultern durchs Haus reiten ließ, der seine Geburtstagskerzen anzündete, ihm die schönsten Märchen vorlas, hinter ihm her durch seinen ersten Schnee stapfte und mit ihm seinen ersten Weihnachtsbaum schmückte. Denn natürlich wurde wie eh und je Weihnachten in seinem Haus gefeiert. Ärgerlich war nur, dass nun Ester alles in die Hand nahm.

Früher hatte Hermann den Weihnachtsbaum geholt. Nun erledigte das seine Schwiegertochter. Sie hatte ihn zwar auch diesmal mitgenommen und er hatte durchaus sein Urteil abgeben dürfen. Trotzdem, irgendwie war ihm ein komisches Gefühl geblieben. Und natürlich hatte sein Herz wieder zu rasen begonnen. Immer, wenn das passierte, hatte er sich angewöhnt, dieses besondere Spiel mit seinem Enkel zu zelebrieren, denn es lenkte ihn ab und beruhigte sein Herz. Das Spiel begann damit, dass Opa und Enkelsohn aus Goldpapier eine Krone schnipselten. Diese Krone durfte Christian seinem Opa auf den kahlen Schädel setzen. Wenn Opa nun einen Befehl erteilte, musste ihm der gehorsame Untertan schleunigst nachkommen.

„Setzen“, brüllte der Opa-König. Und prompt purzelte der Christian-Untertan auf seinen Allerwertesten. „Aufstehen“, befahl der König und der Kleine hopste auf seine Füßchen. „Purzelbaum, hinknien, hinlegen, aufstehen, auf den Stuhl, unter den Tisch, hopp, hopp.“ Je strenger der Ton und je rascher die Kommandos aufeinander folgten, umso eifriger war der Kleine darum bemüht, jeden Befehl sofort auszuführen, und wenn es ihm gelang, quietschte er vor Vergnügen. Doch immer, wenn es am lustigsten zuging, musste Ester dazwischen platzen. Auch jetzt mischte sie sich wieder ein. Es war gerade so schön gewesen. Christian krabbelte noch auf allen vieren über den Teppich. Hermann aber thronte in seinem Opa-Sessel. Da kam Ester herein und drückte ihm dieses alberne Buch in die Hand, eine Kinderbibel.

„Dafür ist er noch viel zu klein. Lass ihn mit diesem Blödsinn in Ruhe“, versuchte Hermann sich zu wehren.

„Ich glaube nicht, dass es Blödsinn ist und ich finde, niemand ist zu klein dafür ... und auch nicht zu alt“, entgegnete Ester. Typisch seine Schwiegertochter. Er hörte sehr wohl ihren ironischen Unterton und natürlich drängte sich ihm sofort eine bissige Gegenbemerkung auf die Zunge. Doch gerade, als er sie ihr entgegen schleudern wollte, hob sie den Kleinen auf seine Knie und lächelte arglos und freundlich wie immer auf ihn herunter. Das hatte sie wieder gut hin bekommen. Nun blieb ihm nichts anderes übrig als vorzulesen, und zwar genau die Stelle, die sie ihm anwies.

„Zu dieser Zeit lebte in der kleinen Stadt Nazareth eine Frau, die hieß Maria. Sie war verlobt mit einem Mann. Sein Name war Josef. Eines Tages geschah etwas Seltsames: Maria war gerade alleine zu Hause. Da erschien ihr plötzlich ein Engel ..."

Ah, die Weihnachtsgeschichte. Nun gut, dachte er, schließlich ist Advent. Die Geschichte passt zumindest. Außerdem fühlte es sich angenehm an, wie Christian sich gegen seine Brust schmiegte, den kleinen Kopf ihm zugewandt und mit staunenden Augen zu ihm hoch blickend. Ganz still und vertrauensvoll lauschte er, so, als läse der Opa die Wahrheit. Fast wollte er es selber glauben. Aber selbstverständlich war diese Geschichte vollkommen unmöglich. Welcher König lässt sich schon herab, in einem Stall zur Welt zu kommen. Erst die Stelle von diesem anderen König, diesem Herodes, klang realistisch. Da tauchen plötzlich drei weise Männer bei ihm auf und erzählen ihm etwas von einem Rivalen. Woher die das zu wissen meinten, Sterndeuterei, ist natürlich finsterstes Mittelalter, quatsch, nicht Mittelalter sondern eben ... na, wie nennt man noch diese Epoche? Zum Kuckuck noch mal, man kann ja nicht alles wissen. Aber egal. Aberglaube war es auf jeden Fall. Nur eines scheint wahrscheinlich, nämlich dass dieser Herodes plötzlich durchdrehte und jeden denkbaren Thronfolger eliminieren ließ. Korruption, Intrigen und all diese Dinge geschehen ja immer noch tagtäglich. Und wahrscheinlich auch noch genug Morde, heimlich, versteht sich. Als damals die vielen kleinen Babys umgebracht wurden, da schrieb das bestimmt ebenfalls niemand dem Regierungschef zu.

„Wie sollte Herodes nun den neuen König finden?“, las Hermann weiter.

„In Bethlehem gab es viele kleine Kinder. Herodes wusste nicht einmal den Namen des Kindes. Nur dieses: Das Kind musste noch sehr klein und ein Junge sein. Und dieser Junge musste verschwinden, wenn er, Herodes, König bleiben wollte. Da fasste Herodes einen schlimmen Plan.“

Also wirklich, und Ester verlangte, dass er so etwas dem Kind vorlas. Ärgerlich schlug Hermann das Buch zu und stöhnte laut. Doch der Kleine in seinen Armen regte sich nicht. Als Hermann zu ihm herunterschaute, sah er, dass er eingeschlafen war. Der gleichmäßige Atem des Kindes, das sanfte Heben und Senken des kleinen Kinderkörpers gegen seinen eigenen, alten, lullten auch ihn ein, machten, dass ihm die Augen zufielen und zauberten traumhafte Bilder in den rötlichen Dämmer hinter seinen Lidern. Wie Blut, wie das Blut aus vielen kleinen Wunden.

„Er musste verschwinden, wenn er, Herodes, König bleiben wollte.”

Natürlich wollte er. Auch ein pensionierter König lässt sich nicht ohne weiteres von seinem Thron stoßen, von niemandem, ist das klar? Auch nicht von jemandem, der arglos tut. Ja, glaubt ihr denn, ich habe nicht längst gemerkt, wen ihr zum König erhoben habt? Wen ihr als König sogar in diese Familie eingeführt habt? Ganz harmlos habt ihr das angestellt, ihr beide. Ihr und eure Theologie, eure Lehre von Gott, euer Leben mit Gott, zum Kuckuck noch mal. Gerade jetzt zur Weihnachtszeit wird es unerträglich offensichtlich. Da krönt ihr euren König wieder und wieder und wieder. Jedes Jahr von neuem. Und ich muss zusehen, muss stumm werden, denn was könnte ich neben ihm zu sagen haben? Und nun hat Ester es sogar auf den Kleinen abgesehen. Aber denkt nicht, dass ich das zulassen werde. Denkt ihr alle das bloß nicht. Ich bin zwar alt, aber nicht senil, oh nein, so weit ist es noch lange nicht. Irgendwie werde ich ihn stürzen. Ich werde euch beweisen, dass es ohne ihn sehr gut geht. Mir wird schon etwas einfallen.

Plötzlich klingelte das Telefon. Erschrocken riss Hermann die Augen auf. Der Kleine auf seinem Schoß kuschelte sich ein bisschen enger an ihn. Über seinen runden Rücken hinweg griff Hermann zum Hörer.

„Herr Rode“, sagte er und im selben Augenblick machte er eine erstaunliche Entdeckung.

„Hallo Papa, hier ist Doris.“

Hermann lächelte.

„Herodes“, flüsterte er.

„Ja, ich weiß, Papa, das sagtest du schon. Ich bin’s, Doris“, schrie Doris aus Hamburg, „wir werden nicht kommen können dieses Jahr, Tanja ...“

Plötzliches Schluchzen im Hörer. Hilflos ließ Hermann ihn über den Rücken des Jungen auf seine Knie gleiten.

Er hatte Ester nicht bemerkt. Auf einmal stand sie neben ihm, griff nach dem Hörer, lauschte, antwortete.

„Das macht doch nichts“, hörte er sie sagen, „natürlich wird es eine Zeit dauern. Das tut es immer, das weißt du doch. Aber du weißt auch, das jeder Bruch einmal heilt, nicht wahr?“

Also hatte Tanja wieder irgend eine Sadistin aus der gegnerischen Mannschaft über ihre Knochen schliddern lassen, oder sie war gegen die Absperrung geknallt oder sie hatte sich in ihrem eigenen Schläger verheddert. Typisch! Aber dass ihr das ausgerechnet kurz vor Weihnachten passieren musste. Der Gedanke, nun allein mit Ester und Thomas die Feiertage verbringen zu müssen – und mit Christian natürlich. Gott sei Dank gab es noch Christian. Aber Thomas ... Es würde niemanden geben, der seine theologischen Ergüsse stoppen würde und niemand würde Ester in ihrer Weihnachtslieblichkeit aufhalten. Hermann mochte gar nicht daran denken, wie sie ihren holden Knaben im lockigen Haar anhimmeln würde. Und weit und breit kein Torsten, der alle Gedanken auf die Geschenke lenken würde, auf Opas reichliche Geldgeschenke am allermeisten. Und keine Tanja, die dem Opa zuliebe mal ihren Hockeyschläger vergaß und dafür ihre Blockflötenkenntnisse aus Grundschulzeiten zum Besten gab. Keine Doris, die seines Trostes bedurfte, weil ihr der Gänsebraten ein bisschen zu trocken geraten und der Grünkohl nicht weich genug gekocht war. Und kein Günther, dem er von seinem letzten Herzanfall berichten konnte und davon, wie leistungsfähig er trotzdem noch immer war. Schließlich hatte er noch selber den Weihnachtsbaum ausgesucht, und einen ausgesprochen schönen obendrein, nicht wahr?

Aus alledem würde diesmal also nichts werden. Oder doch? Was säuselte Ester da gerade ins Telefon? Sie könnten ja alle mal nach Hamburg kommen? Sie müsse nur noch mit Thomas reden, aber der hätte bestimmt nichts dagegen, nein im Gegenteil, der würde sich freuen ... ja, sie selber sowieso, sie würde gerne mal bei ihnen feiern. Papa? ... Natürlich wird er gerne kommen. ... Nein, das könne sie sich nicht denken, dass er ... nein, sicher wird er sich freuen. Aber ja, Doris, dieses eine Mal nicht in seinem Haus, es wird schon werden, bestimmt. Nun putz dir schon die Nase. Wir werden ein herrliches Weihnachten haben, du wirst sehen.

„Und der Baum, wir haben doch schon den Baum", meckerte Hermann dazwischen.

„Ich rufe dich heute Abend noch mal an, Doris, wenn ich mit den beiden gesprochen habe, so gegen sieben, in Ordnung?" Ester legte auf.

„Du hast den Baum vergessen", blaffte Hermann. Der Kleine auf seinem Schoß räkelte sich.

„Aber nein, wir werden uns auch noch nach dem Heiligen Abend an ihm freuen. Du und Christian, ihr könnt ihn trotzdem schmücken. Der Kleine ist doch ganz wild darauf. Und du doch auch, nicht wahr?"

Beschwichtigend legte sie ihm ihre Hand auf die Schulter. Doch unwillig schüttelte er sie herunter. Dabei wachte der Junge in seinen Armen auf.

„Komm, Baum schmücken", forderte er ihn in seiner Königsspiel-Stimmlage auf. Christian rieb sich nur kurz die Augen. Dann tapperte er fröhlich hinter seinem Opa her.

„Also hast du nichts gegen Heilig Abend bei Günther und Doris", rief Ester ihm nach.

„Aber nein“, äffte er sie nach, „wir werden uns alle riesig aneinander freuen.“

„Ach, Papa, sei nicht traurig.“

Nun folgte ihm auch Ester.

„Wir werden alles so machen wie immer. Du wirst dich wie zu Hause fühlen, bestimmt.“

Na wunderbar. Das war doch ganz der Tonfall eines schlechten Gewissens. Hermann spürte, wie sich seine Stimmung hob. Trotzdem knurrte er:

„Na hoffentlich. Du weißt doch, einen alten Baum verpflanzt man nicht. Und es ist das erste Mal, seit Christiane ... also ... seit sie ...“

Stammeln machte sich gut und ein bisschen Tränendrüse auch. Bisher hatte das bei Ester noch nie gezündet. Aber diesmal schien es zu funktionieren. Sie wich nicht von seiner Seite, nicht, als er mit Christian in den Keller hinunter stieg, nicht, als er nach der Kiste mit dem Weihnachtsschmuck kramte, nicht, als er ihn ächzend die schmale Treppe hinaufwuchtete. Natürlich ließ er sich nicht von ihr helfen. Sollte sie ruhig ein bisschen zappeln. Unruhig trat sie von einem Fuß auf den anderen, während er Christian hoch hob, damit er den schönsten Stern auf die Spitze des Baumes stecken konnte.

„Wir werden alles so machen wie sonst die Jahre“, versprach sie noch einmal, „mit Singen und Tanjas Blockflöte und der Weihnachtsgeschichte natürlich.“

Hermann seufzte. Dass sie auf die nicht verzichten würde, hätte er sich denken können. Aber es kam noch schlimmer.

„Ich werde die Krippe mitnehmen, denn die ist schließlich das Wichtigste am ganzen Weihnachtsfest, nicht wahr? Das heißt, natürlich nicht die Krippe, sondern das Kind, Jesus. Papa, der Ort spielt doch keine Rolle. Wir können das alles auch bei Doris haben", schlug sie vor. Hermann verschlug es die Sprache.

Selbst bis nach Hamburg musste sie ihn schleppen, ihren König. Selbst dort sollte sich alles auf ihn konzentrieren. Und das an Weihnachten. Es war nicht zu fassen.

Aber er würde es zu verhindern wissen, er, Hermann Rode. Er musste nur ein bisschen aufmerksam sein und vorsichtig natürlich. Und er durfte sich nicht ablenken lassen, nicht einmal von dem Kleinen. Der schaute nun mit seinen wasserblauen Christiane-Augen zu ihm herauf.

„Was hast du nun wieder vor, alter Brummbär?", hätte Christiane ihn jetzt vielleicht gefragt, und es hätte sich etwa so angehört: Jetzt werde bloß nicht kindisch, was sie natürlich niemals ausgesprochen hätte. So eine Respektlosigkeit von der eigenen Ehefrau hätte Hermann nicht geduldet. Der Tonfall hätte schon genügt, auch wenn er sich immer hinter einem Lächeln verborgen hatte.

Auch Christian lächelte. Aber es gab keinen Grund, sich vor ihm zu fürchten. Der Kleine war ja ganz mit seinen Gedanken beim Baum und vielleicht auch noch ein bisschen bei der Geschichte, von der er vorhin in Opas Armen geträumt haben mochte.

„Was hat der böse König getan?", fragte er nun.

„Junge, vielleicht war er gar nicht böse. Er wollte nur, dass kein anderer neben ihm König sein sollte. Und da hat er eben ... er hatte vielleicht ganz einfach nur Angst."

„Hast du auch Angst, Opa?"

„Aber nein, wie kommst du denn darauf? Wo ich doch

dich habe und wo wir in ein paar Tagen so ein schönes Fest feiern."

„Jaaaa, Weihnachten", dehnte Christian. Und dann plapperte er munter drauflos, erzählte alles, was er von Weihnachten wusste und das war eine ganze Menge. Hoffentlich studiert er nicht auch mal Theologie, dachte Hermann und schmunzelte.

„Es ist eben niemand zu klein, um Weihnachten zu begreifen", flüsterte Ester ihm ins Ohr. Dann huschte sie aus dem Wohnzimmer und ließ die beiden allein.

Jetzt geht sie die Krippe holen, überlegte Hermann.

Der Kleine schwatzte immer noch. Aber Hermann hörte nicht mehr zu. Er versuchte sich auf die Geräusche vor der Zimmertür zu konzentrieren. Ein Karton schepperte, Papier knisterte, Ton rieb an Ton, wieder Papier.

„Alles da", hörte er Ester seufzen, dann das Klappen der Küchentür, das Scharren von Stuhlbeinen auf Linoleum, einen schweren Tritt auf die Sitzfläche, das Rutschen von Pappe auf Holz. Sie musste die Kiste auf den Küchenschrank geschoben haben. Er würde Mühe haben, ihn zu erreichen. Und es würde ihm schwer fallen, wach zu bleiben, bis die anderen schliefen. Aber schließlich schaffte er es doch.

Ärgerlich war nur, dass ihm, gerade als er durch den Flur zurück in sein Zimmer schlich, Christian entgegen tappte, schlaftrunken und mit zerzausten Haaren, den Daumen im Mund und seinen Schlafteddy im Arm. Ausgerechnet heute. Aber warum sollte er ihn nicht zu sich in sein Bett lassen. Das tat er oft, ohne dass die Eltern davon wussten. Es war ihr Geheimnis. Und gerade heute Nacht würde es ihm wohl tun, das Kind bei sich zu haben.

Zwei Tage später, am 24. Dezember nach einem schnellen Mittagessen, packte Thomas den Wagen. Es war nicht viel. Sie würden ja nur diese eine Nacht in Hamburg bleiben. Den meisten Platz nahm ein Wäschekorb voller liebevoll gepackter Päckchen ein. Ester hatte an alle gedacht. Hermanns Geschenke dagegen hatten wie immer Platz in seiner Brieftasche gefunden. Der Karton mit den Krippenfiguren thronte zwischen Hermann und Christian, die beide auf der Rückbank saßen. Hermann langte über die Schachtel und tastete nach Christians kleiner Hand. Aber der schob sie blitzschnell hinter seinen Rücken.

Es wurden sehr lange 200 Kilometer.

Der Baum, den Günther besorgt hatte, war kerzengerade und reichte bis unter die Decke.

„Schön, schön", kommentierte ihn Hermann. Doch viel zu deutlich schwangen seine ungesagten Worte im Raum: nur ein bisschen mager geschmückt. Aber keiner ging darauf ein. Gemeinheit. Statt dessen setzten sie ihn neben Tanja auf's Sofa, direkt neben ihren Gipsfuß, der aussah wie einstmals die Berliner Mauer: undurchdringlich, grau und voller Graffitis. Stolz präsentierte sie ihm ihr Prachtstück und er musste ihren ausführlichen Bericht darüber, wie sie dazu gekommen war, über sich ergehen lassen. Christian war leider irgendwo verschwunden. Kein Wunder, in diesem Verwandtschaftsgewusel. Es war spät und alle schienen es eilig zu haben. Ester deckte schon den Tisch für das Festessen, das sie nach dem Weihnachtsgottesdienst einnehmen würden. Günther holte den Wein aus dem Keller, Doris band sich gerade ihre Schürze ab. Torsten polterte die Treppe herunter und warf noch ein paar Geschenke unter den Baum, nicht besonders liebevoll, aber immerhin, offensichtlich war ihm dieses Jahr überhaupt mal etwas eingefallen.

Ester wandte sich vom Tisch ab und drehte sich zu ihm um, strich sich nachdenklich eine Haarsträhne hinter ihr Ohr, ließ forschend ihren Blick über den Baum und den Platz darunter wandern und lächelte.

„Die Krippe“, flüsterte sie.

Auch Hermann lächelte. Doch weil keiner auf ihn achtete, sah auch niemand, dass sein Lächeln ein Triumphlächeln war. Er beobachtete sogar triumphierend. Sein Sitzplatz war günstig.

Jetzt bückte Ester sich herunter und sortierte Torstens Päckchen neben ihren mitgebrachten Wäschekorb, sodass so etwas wie eine Lichtung unter dem Baum entstand. Dann ging sie den Karton holen, öffnete ihn, hob den Stall aus seiner Verpackung, schälte Figur um Figur aus dem Seidenpapier, stellte Hirten und Weise auf, Engel und Tiere, Maria und Josef, baute nacheinander die ganze Geschichte nach. Gleich würde sie fertig sein. Da endlich hörte Hermann ihren spitzen Schrei.

„Der Jesus, das Kind ... es ist nicht da ...“

Ja, es war verschwunden und es würde verschwunden bleiben, dafür hatte Hermann gesorgt. Hätten sie nur auf ihn gehört, aber sie wollten ja nicht. Sie glaubten, einen anderen zu haben. Aber so schnell gab Hermann Rode nicht auf. Das hätten sie eigentlich wissen müssen, sie alle miteinander. Nun würde Weihnachten wieder werden, was es sein sollte, ein hübsches, gemütliches Familienfest. Sie würden sich selber genügen, so wie all die anderen Jahre auch. Was brauchten sie denn diesen Jesus. Sie hatten doch sich und sie hatten ihn, sie hatten immer noch ihn.

Ester jammerte nicht.

„Es ist nur eine Figur“, erklärte sie den anderen, die sofort hereingestürzt waren „aber verstehen kann ich es nicht. Ich hatte zu Hause extra nachgeschaut.“

„Vielleicht liegt er irgendwo zwischen dem Seidenpapier“, vermutete Doris.

„Oder es gab ihn überhaupt niemals und wir haben die ganzen Jahre nur gedacht, dass er ...“, versuchte Günther eine Erklärung.

„Nein, er war immer da“, sagte Thomas.

„Natürlich, irgendwo muss er ja sein“, stimmte Doris ihm zu.

„Es hat nichts zu bedeuten“, meinte Ester, fröhlich und arglos wie immer.

„Nun sollten wir uns aber beeilen, sonst verpassen wir noch den Gottesdienst“, sagte sie.

Aber Doris durchwühlte schon das Papier.

„Nichts“, murmelte sie und kippte noch einmal den ganzen Karton aus. Holzwolle stob zwischen die Tannenzweige, Silberkugeln klirrten gegeneinander. Eine zerbrach in tausend kleine Splitterchen. Zufrieden beobachtete Hermann, wie Ester die Scherben aufkehrte. Das alles nahm Zeit in Anspruch, so viel Zeit. Bis Ester endlich das leere Seidenpapier zurück in den Krippenkarton stopfen, ihn hinaus in den Flur tragen und unter der Treppe verstauen konnte, war es schon viel zu spät. Die anderen waren zwar längst in ihre Mäntel geschlüpft. Thomas trieb zur Eile an, doch Tanjas Fuß würde sie obendrein noch aufhalten. Hermann hatte es geschafft.

Selbst einen richtigen Weihnachtsgottesdienst würde es nicht mehr geben.

Trotzdem freute er sich plötzlich nicht mehr. Müde schlurfte er hinter den anderen her. Draußen auf der Straße schob sich eine kleine Hand in seine. Hermann lächelte zu Christian herunter. Vielleicht verstand ja wenigstens er. Manchmal ist es ja so, Kinder und Alte ... Vielleicht hatte Ester doch Recht, wenn sie meint, dass niemand zu klein sei.

Vom Gottesdienst bekamen sie nur noch den Schluss mit: Fürchtet euch nicht, denn siehe, ich verkündige euch große Freude ... Vertraute Worte. Thomas las sie jedes Jahr im Lichte des geschmückten Weihnachtsbaumes, immer kurz vor der Bescherung. Doch nun, wo sie Weihnachten ohne Jesus feiern würden, nun ...

Diesmal schlug Thomas das Matthäusevangelium auf.

„Da Jesus geboren war zu Bethlehem im jüdischen Lande, zur Zeit des Königs Herodes ..."

Hermann horchte auf. Der Baum glänzte, die Kinder saßen mucksmäuschenstill gegen die Schultern ihrer Eltern gelehnt, Torsten schielte auf die Päckchen, Tanja auf ihren Gipsfuß, Ester auf die leere Krippe. Christian schmiegte sich an seinen Opa. Eine seiner kleinen Hände ruhte auf Opas Knie, die andere lag über seiner Hosentasche, die sich merkwürdig nach außen beulte.

„Und Gott befahl den Weisen im Traum, dass sie nicht wieder zu Herodes lenken sollten", fuhr Thomas fort, „und als sie hinweggezogen waren, da erschien der Engel des Herrn dem Josef im Traum ..." Thomas las die ganze Geschichte, wie Josef mit Maria und dem Kind nach Ägypten flüchtete, um der vernichtenden Herrschsucht des Königs zu entfliehen, bis zu der Stelle, die von der Rückkehr des geretteten Kindes berichtet. Dann klappte er die Bibel zu.

Einen kleinen Moment schwiegen alle. In die Stille hinein spürte Hermann das Schlagen seines Herzens und die Nähe all der Menschen, die zu ihm gehörten und die er liebte. Und in diesem kleinen Moment lag tatsächlich Friede, kein Kämpfen, kein Verbergen, keine Furcht. Sie lieben auch mich, durchfuhr es ihn plötzlich. Trotz dieses Jesus. Oder vielleicht sogar seinetwegen. Doch der Moment verflog, blieb zu kurz. Zu schnell verflüchtigte sich der heilsame Gedanke. Wie gerne hätte Hermann ihn festgehalten und bewahrt. Doch gleich würde Lachen und laute Fröhlichkeit die Stille durchbrechen, jeden Unterton überdecken und jeden Gedankenfaden durchschneiden. Wie sollte Hermann Rode ihn je zurückholen?

Da spürte er plötzlich, wie die Hand auf seinem Knie sich zurückzog. Erstaunt wandte er sich dem Kleinen an seiner Seite zu. Die anderen begannen gerade damit, ihre Geschenke zu verteilen. Papier raschelte, bunte Bänder rieselten zu Boden, überraschtes, freudiges Rufen erfüllte den Raum, Küsse und Umarmungen wurden ausgetauscht. Sogar Christian zog ein Päckchen aus seiner Tasche, unförmig sah es aus und zerknittert, eingewickelt in Seidenpapier, an dem noch ein bisschen Holzwolle haftete, und legte es seinem Opa in den Schoß.

„Für mich?“, fragte der erstaunt und als der Kleine nickte, faltete er vorsichtig das Papier auseinander. Was er entdeckte, war die Figur, das Kind Jesus.

Hermann Rode lächelte. So war er also schon zurückgekehrt.

Barbara Seuffert

Augen voller Liebe

Begegnungen in einem
neu geschenkten Leben

160 Seiten, Paperback,
ISBN 3-7675-1189-4
Bestell-Nr. 111.189

Liebeserklärung an das Leben

„Wenn ich das überlebe, werde ich Bauchtänzerin!" Barbara Seuffert hat ihren Krebs besiegt. Sie erzählt vom Weg zurück ins Leben und vom Dank gegenüber Gott, der ihr „das Trauerkleid auszog und ihre Klage in einen Tanz verwandelte". Hinreißender Humor und manchmal Trauer verbinden sich zu einer Liebeserklärung an das Leben.

Edition Anker im Christlichen Verlagshaus Stuttgart

Barbara Seuffert

Fröhlich soll die Pfarrfrau springen

Erzählungen

100 Seiten, Taschenbuch,
ISBN 3-7675-3656-0;
Best.-Nr. 113.656

In dieser Neuausgabe ihrer seit langem vergriffenen Geschichten erzählt Barbara Seuffert von den alltäglichen Erlebnissen mit des Pfarrers Frauen, Kindern, Hühnern und Kürbissen. Ihre Bemühungen, eine vorbildliche Gehilfin ihres angetrauten Pfarrherrn zu sein, enden allzu oft in kleinen Katastrophen, die aber mit soviel Witz und Selbstironie erzählt werden, dass der Leser manchmal aus dem Lachen gar nicht mehr herauskommt.

„Das Einzige, was mich retten kann: Wir sollten umziehen! Ich suche nun eine Pfarrstelle, neu geschaffen und ohne Tradition, in der schwärzesten Diaspora, wo weit und breit kein anderer evangelischer Pfarrer zu erblicken ist, sodass ich sagen kann: Hier bin ich die beste, liebste, schönste und vortrefflichste Pfarrfrau – weil es keine andere gibt."

Edition Anker im Christlichen Verlagshaus Stuttgart

Luitgardis Parasie

Die Skandalpredigt

(Un)gewöhnliche Geschichten einer Dorfpastorin

160 Seiten, Taschenbuch
ISBN 3-7675-5004-0
Best.-Nr. 295 004

Unverwechselbar, humvorvoll, lebensbejahend sind die Menschen, denen die Autorin begegnet ist. Manche erleiden schwere Schicksalsschläge, doch sie lassen sich nicht unterkriegen und halten am Glauben fest oder entdecken ihn neu. Unverblümt und mit geistvoll-geistlicher Klarheit gibt die Autorin seelsorgerlichen Rat, wertvolle Hilfestellung oder ist selbst die Lernende. 38 Geschichten erzählen davon, dass das Kreuz für viele (k)ein Skandal ist.

Edition Anker im Christlichen Verlagshaus Stuttgart